TAKE
SHOBO

年下恋愛対象外！

チャラい後輩君は真面目一途な絶倫でした

玉紀直

ILLUSTRATION
花恋

蜜夢
MITSU
YUME

CONTENTS

MITSU YUME

イラスト／花恋

年下恋愛対象外！

チャラい後輩君は
真面目一途な
絶倫でした

プロローグ

こんな所で、なにやってるのよ……。

まさしく、そうとしか言えない状況だった。

定時後、ひとけのない資料室。この時間になれば社員が入室してくる可能性は低い。だからといって……。

(出るに出られないじゃないの……)

大きく漏れそうになるため息を抑えるため、倉田美涼《くらたみすず》はグッと下唇を噛む。声だけではない。物音ひとつたてることも、今の美涼には許されないのである。窓側に置かれたキャビネットの側面に背をはりつけ、目の前にさがるカーテンを見つめているほかない。

このキャビネットと窓のあいだには、人が一人入りこめるだけの隙間がある。カーテンを引きやすいようにと考えるだけならこんなに空いている必要はないのだが、ちょうどこの場所に消火器が置かれているのだ。

消火器のために余裕を持ったスペースをとった、と考えればいいたしかたない。

ゆえに、美涼は消火器と共にこの隙間にはまっているのである。

背後でかすかに聞こえるのは、衣服同士が擦《す》れる音。そして荒い息遣い。人間はふたりいるはずなのに、一人分しか耳に入ってこない。

そろりと肩越しに振り返り、美涼はキャビネットの陰から背後に広がる室内を窺《うかが》う。

資料室の中央に置かれた縦長のテーブル。そこに腰を下ろす青年。横から見る限り彼のネクタイは解かれ、スーツやワイシャツのボタンも外されて胸をはだけられている。

彼が自ら脱いだわけではない。彼の前に立つ人間が脱がせているのだ。

ワイシャツの前を大きく開き、あらわになった胸板を撫《な》でまわす細い指。くっきりと浮かびあがった鎖骨《さこつ》にむしゃぶりつくのは紅い口紅の女性。

胸を探っていた手は彼の太腿に落ち、内股へと入りこんでいく。その動きは忙《せわ》しなく、明らかに女性側だけが興奮している様子だった。

青年はただ黙って座っている。好きにしろと言い渡してあるかのように、唇は硬く結ばれたままだった。

(どうしてあのふたりが……?)

美涼はその光景を見つめたまま、両手を胸の前で握りしめる。

このふたりを、彼女は知っている。

青年は同じ営業課の堂嶋琉生《どうしまるい》。二十七歳の美涼よりふたつ年下で二十五歳。入社三年目だが、二年続けて課に新人が配属されなかったため、彼は一番の若手であり先輩たちにいいように使われる地位から脱せないままだ。

女性のほうは総務部へ行くとよく見かける顔。経理担当で入社十年以上のベテランである。

課が違うふたりに接点などないように思えるが、定時後の資料室でいかがわしい行為に興じているところをみると、以前からそういう関係だったということなのだろうか。

(それはいいけど……。こんな所でしないでよ)

仕事も終わったのだから、劣情に走りたいのならばそれなりの場所へ行けばいいのに。

なぜ、わざわざ会社の中でコトに及ぼうとするのか……。

琉生の内股に下りた女性の手は、間違いなくズボンの上から彼の股間をまさぐっている。ここでコトが始まってしまうのだろうか。だとすれば美涼は、最後まで身をひそめていなくてはならないことになる。

(勘弁してよ!)

さっさと必要な資料を取ってオフィスに戻ろうと思っていたのに、確実に時間の無駄だ。

苛立ちに諦めが混ざったとき、窺い見ていた琉生の口元が、ふっと上がった。

「あーっ、やっぱ無理っぽいっ」

明るく軽い口調は嘲笑《ちょうしょう》を含む。彼はふわりとした長めの前髪をクイっと掻《か》き上げると、腹部に下がりかけていた女性の頭を摑んで自分から引き離した。

「アンタじゃ、勃《た》ちそうにないや」

言葉はもとより、態度そのものが横柄《おうへい》だ。美涼は意外だと思った。琉生はなかなか整った綺麗な面立ちをした青年で、少々なれなれしく、俗にいう『チャラい』雰囲気がある。それでも、あからさまに人を馬鹿にするような態度をとる男ではないと思っていたのに。

「やめてくれる？　手付きからして気に食わない。かえって萎《な》える」

女性は頭を摑まれたまま、大きく目を見開いている。彼の肌に吸い付いていた唇まで、驚きに紅色の空洞を作っていた。

「だいたい俺さぁ……、年上は嫌いじゃないんだけど、年増は好みじゃないんだよ。特に、アンタみたいに餓《う》えてねちっこいのは」

どんなに笑いながら口にしようと、こんなセリフは笑い話にはならない。当然のようにパンッという頰を叩く音が静かな室内に響き、美涼は思わず身を縮めて顔をそらした。

そのあとには、怒りをそのまま表したかのような足音とドアを叩きつける音。鼓膜《こまく》に痛い大音響は、女性がどれだけ怒り心頭《いかりしんとう》に発《はっ》したかがわかる。

（あんなこと言えば……誰だって怒るって……）

軽い雰囲気はあるとはいえ、琉生が女性に対してこんなにも辛辣《しんらつ》な口をきく男だとは思わなかった。

驚きはしたが、美涼は密かに胸をなでおろした。女性が出ていったのだから、彼もすぐに部屋から出ていくことだろう。

琉生がテーブルから下りたらしい物音と、ため息が同時に聞こえる。ため息をつきたいのはこっちだと文句を言ってやりたいが、美涼はひとまずそれを堪《こら》えた。

すぐに琉生が歩きだす。しかし、なにかおかしい。彼の足音はドアのほうへ遠ざかっていくどころか、美涼のほうへ近づいてくるのである。

「……年上は嫌いじゃない……っていうかさぁ……」

声はすぐそばで聞こえる。まさか、と思った瞬間、美涼が寄りかかるキャビネットと目の前のカーテンを琉生に摑まれ、消火器と共に彼女を隠していた狭い空間がふさがれた。

「センパイくらいなら、ものすっごい好みの範囲なんだよね」

耳元に囁きこまれる声。慌てて向けた目と鼻の先に琉生の顔があった。

「堂嶋くっ……」

「なにしてんのー？　センパイー。覗きですか？　よいご趣味で」

「ちっ……違うわよっ。私が先にここにいて……、そうしたら堂嶋君たちが……」

焦る美涼を歯牙にもかけず、琉生は見目よい相貌でにこりと微笑む。

女性心理としてドキリと胸が高鳴っても不思議ではない表情ではあったが、美涼がそれを感じる前に、琉生のひとことが彼女を憤《いきどお》らせた。

「年増は消えたし。代わりにどうです？　美涼サンっ」

――美涼の感情を音で表すことができたなら、室内には〝ぶちっ〟と理性が切れる音が響き渡ったに違いない。

その代わりに鳴り響いたのは、バシッという頬を打つ音。間違いなく先程の女性よりも大きくヒットした美涼の平手打ちは、琉生の身体をぐらつかせキャビネットについていた手を緩めさせた。

「ふざけるのも、いい加減にしなさい！」

キャビネットから浮いた彼の手をはねのけ、美涼は資料室を飛び出したのだった。

第一章　年下は嫌いです！

天高く馬肥ゆる秋――。

まさしくその言葉がふさわしい、爽《さわ》やかな秋の日だった。

気候に影響されて、美涼の気分も穏やかである。

目覚まし時計のアラームが鳴る前にスッキリとした目覚めを迎えられたうえ、毎朝スマホに向かって友だちと話す声がうるさい大学生の弟の声も聞こえない。いつもより一本早い電車に乗ったおかげか、珍しく空《あ》いた席を見つけゆったりとした気分で出勤できた。

仕事の進みも順調で、久々に淹《い》れた緑茶には茶柱まで立っている。

おまけに、今日のお昼は仲のよい同僚たちとパンケーキで有名なカフェレストランへ行く予定。人気店なのでランチは予約制で、かなり競争率が高い。席が取れたのは本当にラッキーだった。

今日はいい日だ……。美涼でなくとも、そう思わずにはいられない。

――しかし……。

「美涼サンっ」

昼休み三十分前、そんな晴れやかな気分に暗雲が立ちこめた。

「はいどうぞ」

目の前に置かれたのは小さな白い箱。持ち手が付いたその形状から、ケーキが入っている箱のようだ。

中身への期待に心が弾《はず》むところではあるが、置かれた場所が悪い。

こともあろうに打ちこみ中のキーボードの上。しかも置いたのは、誰あろう、昨日美涼を憤らせた堂嶋琉生その人だった。

そこで美涼はハッと気づく。考えてみれば、今日は朝から琉生の顔を見ていなかった。

普段から彼と組んでいる男性課員の姿を見た覚えもないということは、始業前から取引先にでも行っていたのかもしれない。

（そうか、彼の姿が見えなかったから、よけいに気分がよかったんだ）

失礼な考えではあるが間違いではない。朝から琉生の顔を見ていれば、昨日の一件を思いだし不愉快《ふゆかい》になっていたことだろう。

「なんなの……？　これ」

「〝プライム〟のパンケーキですよ。会社に戻る途中で買ってきたんです」

「……私、……昼にはそこでランチする予定なんだけど……」

昼に食べようと思っていたパンケーキを昼食前にもらってしまった。苦笑いを浮かべて琉生に顔を向けると、彼は鞄を小脇に抱えたまま美涼の横に立っている。

戻ってすぐに、この差し入れを持ってきたのだろう。美涼が昼に同じ店へ行くと知らなかったとはいえ、手土産のセレクトミスは否《いな》めない。

話を聞いて、失敗したと照れ笑いのひとつでも見せてくれたならかわいい後輩だと思えたのかもしれないが、琉生は不思議そうに小首をかしげただけだった。

「それで？　いいじゃないですか、昼メシ代浮いたでしょ」

「私に、ランチに行くな……と？」

「天気もいいしー。なんだったら、裏の公園とかで俺と昼メシ食いません？　美涼さん」

軽く笑う琉生から顔をそむけ、キーボードの上の箱を横へずらすと、美涼は冷たく言い放つ。

「お断り」

「冷たいなぁ。せっかく美涼さんだけに差し入れしたのに」

そう言われて、美涼は再びハッとする。視線だけで周囲を軽く見回し、本当に同じ箱がないことを確認して、……考えた。

琉生は、なぜ自分にだけ差し入れなどという物を用意したのか……。

そんな疑問はすぐに解決する。美涼は眉を寄せ、横目で琉生を睨《にら》みつけた。

「……口止め料……？」

それしか考えられない。彼は、昨日資料室で見たことを口外するな、そう言いたいのではないだろうか。

すると琉生はクスリと微笑む。作りのよい相貌《そうぼう》に浮かぶ綺麗な微笑《びしょう》。ひたいでふわりと揺れる前髪は、彼の瞳をとても優しげに演出する。

……しかし、今の美涼には、それがただのズルイ笑みにしか見えない。

琉生は片手をデスクにつくと、長身を屈めて美涼に顔を近づけ、声をひそめた。

「こんなモンひとつで口止めしようなんて、セコイこと考えちゃいませんよ。まあ、手付金みたいな感じ」

「意味がわからない」

「俺が資料室でイイコトしようとしてたとか、……別に、女子会ネタなんかにしてくれてもいいけど。……相手のことは……話さないでいてもらいたいんですよ……」

美涼は琉生を睨んだまま顔を向ける。彼に合わせて声をひそめた。

「庇《かば》ってるんだ？　……そうだよね……、あの人……経理課の人でしょう……？　確か、既婚者だよね……」

今度は琉生が眉を寄せる番だった。さらに顔が近づき、美涼はわずかにうしろへ反《そ》る。

「口止め料の代わりに、メシでも酒でも、希望を言ってくれたら奢《おご》るしつきあいますよ。お願いしますよ、美涼サンっ」

「……あれだけ冷たく突き放しておいて……」

昨日、眠りにつくまで美涼を不快にし続けた出来事が頭をよぎる。

ひとり興奮を露《あら》わにしていた女性と、されるがままだった琉生。あそこまでさせておきながら、女としてのプライドをズタズタにし彼女を怒らせた。

あれは、彼女が傷付こうとどうなろうと、自分には関係ないと思っていたからこそできた仕打ちではないのか。

それなのに、自分はいいから彼女のことは口外するなという。今になってずいぶんと肩を持つものだ。

相手が既婚者だからだろうか。

（それともなに……？　気に入った女は、ああやって虐《しいた》げたい性格なの？）

必要以上に近づいている軽薄なイケメン顔を、女の敵といわんばかりにキッと睨みつける。我ながら迫力らしきものは出たと思ったのだが、琉生はひるむどころかにこりと微笑んだ。

なんとなく力が抜ける。美涼はハアッとため息をついた。

「……言わない。だいいち、私、そういった他人の噂話みたいのって嫌いだから……。言う気もない」

「さすがぁ～、美涼サンっ」

肩にポンッと置かれた琉生の手を「シッシッ」と手で払う。「ひどっ」とおどける声が耳に入るが、美涼は聞こえないふりをしてパソコンのモニターに目を向けた。

「安心して。話題にすれば思いだして不快になるだけ。あんな胸糞《むなくそ》悪いこと、絶対に口外なんかしない」

「ありがとうございますっ。マジで俺、メシでも奢りますから」

「結構っ。これもらったから、いいよ」

モニターを見たまま、パンケーキの箱を持ち上げる。すると、その手に琉生の手がかぶさり、美涼は驚いて顔を向けた。

そしてまたもやギョッとする。彼の顔が、目と鼻の先に大接近していたのである。

「そんなこと言わないで……。飲みにでも行きませんか？　――ふたりっきりで」

「……一ヶ月くらいは女に向かってそんなセリフ吐けないように、集中的に顔をぶん殴ってあげようか？」

素早く琉生の手が離れる。彼が本気にしたかどうかはわからないが、美涼はおおいに本気だ。

ふんっと鼻を鳴らし顔をそらして、美涼は仕事を再開させる。

構わなければすぐにいなくなるだろう。そう思っていたが、琉生はなかなか立ち去らない。

「あのさぁ……」

「センパイさぁ……」

いい加減デスクに戻らなければ、先輩課員が眉を吊り上げる。苛立ち半分に忠告をしてやろうとした美涼の言葉に、琉生の声が重なる。彼女が言葉を止めてしまったので、そのあとに続いたのは琉生の質問だけだった。

「……国枝《くにえだ》主任と……、いつ別れたの？」

彼の声はとても小さい。しかし、その言葉はとても大きく美涼の胸に響いた。

次の瞬間、椅子のキャスターが背後の席に激突していきそうなほどの勢いで立ち上がった美涼は、何事かと注目する課員たちを意識して、わざと声を大に琉生のデスクを指差した。

「女に気安く胸のサイズなんか聞くもんじゃないでしょうが！　仕事中よ！　仕事しなさい、仕事ぉっ!!」

周囲の課員から爆笑が起こる。先輩女子社員にセクハラ一歩手前の質問をしたという濡れ衣を着せられた琉生は、駆け寄ってきた男性先輩課員にド突かれ、苦笑いをしながら自席へ戻っていった。

美涼と仲のいい同期女子が、笑いながら椅子を戻してくれる。

「災難だったねー、意外だなぁ、堂嶋君って、そういう質問はしない男だと思ってたんだけどな」

「人間は誰でも意外な顔を持っているものなの」

「なにそれ～」

笑う彼女に笑顔を返しながらも、琉生の質問が頭をめぐる。

美涼は震えそうになる手をギュッと握りしめていた。

――東條《とうじょう》商事株式会社。

全国主要都市に支社支店営業所を持つ、食料品専門の総合商社である。

都心のオフィス街に、地下三階、地上二十五階建ての自社ビルを構える本社。

その九階フロアにあるのが、営業部第一課。美涼はこの部署で、営業事務として働いている。

大学を卒業してから配置換えになることもなくずっと在籍しているので、一番とまではいわないがベテラン女子社員の域《いき》には入っているだろう。

それゆえ、任される仕事も主任や課長クラスから回されるものが多い。つい最近までは、主任の国枝の専属アシスタントのような仕事ばかりをしていた。

しかし……。

その仕事内容は、一ヶ月ほど前から、がらりと変わっていた。

「結局、ランチには行ったんですかー？」

外出のためにオフィスを出た午後、背後から美涼に間延《まの》びした声がかかる。

口調から誰なのかはわかっているが、彼女はあえて振り返らずエレベーターの呼び出しボタンを押した。

「俺さぁ、もしかしたら一緒に昼メシ食ってくれるかなぁなんて……、少し期待してたんですよ」

構うことなく書類封筒をかかえ直した美涼は、早々に開いたエレベーターに足を踏み入れる。先客はいない。階数指示パネルに手を伸ばした彼女の顔を、素早く乗りこんできた琉生が覗《のぞ》きこんだ。

「無視ですか？　美涼さん」

「え？　ああ、私に話しかけていたの？　名前呼ばれなかったから気がつかなかった」

「……今、エレベーターの前にいたのって、俺と美涼さんだけでしたけど……」

「大きなひとりごとだなーって、思ってた」

琉生と目を合わせることなく、美涼は一階を押そうとする。しかしその直前で手を摑まれた。

驚いた美涼は咄嗟《とっさ》に顔を向ける。そこには必要以上に近づきすぎた琉生の顔があり、彼女はさらに驚いた。

「――無視しないでよ……」

小さく呟いた琉生の声が、なんとなく悲しげに聞こえたような気がする。

だがそれを意識する前にエレベーターのドアは閉まり、美涼は反射的に彼の足をガンっと踏みつけていた。

「み……みすずさんっ……痛い……」

「じゃあ、放して」

摑まれていた手が放されると、困ったように笑う顔も離れる。約束どおりに美涼も足をどけ、何食わぬ顔で指示ボタンの一階を押した。

エレベーターが動きだすと、琉生は踏まれていた足を軽く上げてぶらぶらと振る。

「美涼サンさあ……、なんか今日、俺に冷たくないです？」

「気のせいでしょう？　堂嶋君に冷たくしているつもりはないよ。──優しくしてるつもりもないけど」

「ひでー、言いかた」

そう呟きつつも、琉生はクスクスと笑っている。早く一階に到着すればいいのに。そんな思いを込めて、美涼は階数表示を見上げた。

すると、その顔を上から琉生が覗きこむ。素早く顔を背《そむ》けるが、彼はしつこく目を合わせてきた。

「あのさあ、美涼さん。冗談抜きで一緒に飲みにでも行きましょうよ。お近づきのしるしにさ。俺、会社の飲み会以外で美涼さんと飲んだことないし」

「なに？　その『お近づきのしるし』って。別にお近づきになった覚えはないから。〝あのこと〟なら誰にも言わないって言ったでしょう。それに、堂嶋君とふたりっきりなんて、お断り」

「じゃあ、誰か一緒ならいい？」

「は？」

なんとなく予想外の言葉を聞いたような気がして、つい琉生の顔を見てしまう。彼は両手を腰にあて、軽く小首をかしげてわずかに苦笑していた。

しょうがないな……。まるで、そうとでも言いたげな表情……。

ふとなにかを感じかけたとき、エレベーターのドアが開いた。

そこには数名の社員がいたが、彼と話をしていたことを誰にも気づかれないうちに顔をそらし、美涼はさっさとエレベーターを降りる。琉生もあとに続き、一階のエントランスホールを並んで歩きだした。

「同期の男、三人くらい集めますよ。美涼さんも同期の女子三人くらい誘ってくださいよ」

「合コンみたいな人数合わせ」

「いいじゃないですかー。年上の綺麗なオネーサンたちが来るって言ったら、すぐに集まりますから。美涼さんも、年下のイケメンとお酒飲もうとでも言っておいてくださいよ」

「自分でイケメンとか言うんじゃない。自意識過剰《じいしきかじょう》って言われるよ」

琉生の軽口《かるくち》を聞いていたら苛立ってきた。腹立ち紛《まぎ》れに歩調を早める。

引き離すつもりだったが彼のほうが背も高く足も長いので、なんなく歩調を合わされ、先を行くことは叶わなかった。

「俺、自分に自信を持とうっていうポリシーのもとで生きてるんで。……だって、前向きになれない人生なんて、損だと思いません？」

「はいはい。自信家でかっこようございますね。せいぜい口だけの独《ひと》りよがりにならないように気をつけてね」

「そのための努力はしてるつもりですけど？　仕事も、人間関係も……」

美涼はピタリと立ち止まる。合わせて止まった琉生に顔を向け、不満げな双眸《そうぼう》を見据《みす》えた。

確かに琉生は、仕事面において若手の中では一目置かれる能力を持っている。女性に好かれる容姿であることを自覚し仕事にも精力的となれば、そこに自信が芽生えても不思議ではない。

だが、その自信を振りかざし、昨日、女性をひとり傷付けたのではなかったか……。

美涼に言わせるならば、そんなのはただ高慢《こうまん》なだけ。

彼に向けて口から出る言葉は、ひとつしかない。

「……生意気……」

そう言い捨て、琉生を無視して歩きだす。

今度は追ってくる気配がないので、してやったりと清々《せいせい》した気分になるが、浮付きかけた歩調はすぐに止まってしまった。

「なんで……」

目をぱちくりとさせて、自動ドアから見える外の光景を眺める。ぽつりぽつりと降りだした雨と、急ぎ足で歩く通行人が目に入る。

「あー、雨かあ……」

琉生が横に立つと、美涼はひたいを押さえて嘆息した。

今日は天気に比例して朝から気分がよかった。昼前、琉生に声をかけられるまでは最高潮だったのである。

そう考えると、雨が降り出したのさえ彼が悪いように思えてくる。

これから外出だというのに、運が悪い。折りたたみ傘を取りにオフィスがあるフロアまで戻らなくてはならないではないか。

八つ当たり気味に琉生をキッと睨むが、彼はなぜかにこっと笑った。

「はいはい、わかりました。ちょっと待っていてくださいよ」

いきなりなんのことだろう。美涼がキョトンとしているあいだに、琉生は受付カウンターに歩いていき、受付嬢から貸し出し用の傘を受け取っていた。

戻ってきた彼は、それを美涼に差し出す。

「はい。美涼さん」

「え……？」

「近い場所におつかいならタクシーも使えないし。傘なんか取りにロッカーまで戻るのもめんどくさいでしょう？」

彼は美涼のために傘を借りてきてくれたのだった。気に食わない後輩でも、これは礼を言って然《しか》るべき。

傘を受け取り、照れくささを隠すように「ありがとう」と口にすると、琉生は嬉しそうな笑顔を見せた。

その笑顔がとても屈託《くったく》のないものに見えて、なんとなく少し冷たくしすぎてしまっただろうかと後悔が走る。

昨日の出来事があまりにも衝撃的で、不快感を大きくしてしまってはいたが、琉生は相手の女性を庇う言動を見せている。彼の思惑もわからないまま、きつい態度をとるのは間違いなのかもしれない。

「生意気な後輩も、少しは役に立つでしょう？」

ちょっと誇らしげな琉生に苦笑いを見せ、美涼は傘に手をかけながら自動ドアの前に立つ。せっかく、奢る、と言ってくれているのだから、複数で飲みに行く誘いくらいには応じてあげてもいいだろうか。

そんな仏心が湧き上がったとき、琉生がうしろから耳元に唇を近づけてきた。

「さっき、『ありがとう』って言ってくれた美涼さん、すっごくかわいかったです。堪んなく滾《たぎ》るんで、ここはやっぱりふたりきりで飲みに……」

「お　黙　りっ」

不埒《ふらち》さ漂うセリフを、彼は最後まで言うことはできない。それ以上を言わせまいと、美涼の冷たく迫力ある一言が彼に刺さったからだ。

これ以上喋ったら殴られるとでも思ったのか、琉生は唇を引き結んで直立している。そんな彼をチラ見して、美涼はさっさとビルを出ていった。

出かける間際《まぎわ》に降りだしていた雨脚《あまあし》は、用事を終えて帰社するころ、さらに強いものに変わっていた。

（なんか、イヤな予感がする……）

外出先で特に不快なことがあったわけではない。だが美涼は、モヤモヤとした気持ちが胸から抜けきらないまま傘を閉じた。

本社ビルの自動ドアの前に立ち、空を見上げ嘆息する。

考えてみればこの雨は、琉生に絡まれ気分が下降気味になったあたりから降りだしたのだ。さらに強くなっているということは、また煩わしいことが自分の身にふりかかってくるのではないかという胸騒ぎを感じずにはいられない。

とはいえ、実際、雨の強さと琉生のあいだにはなんの関連性もないだろう。昨日から今日にかけての出来事を考え、そう思ってしまうだけだ。

（またすぐ、絡まれたりして）

苦笑いを浮かべ、ビル内へ入る。しかし琉生にだって仕事があるのだから、そんな頻繁に顔を合わせるはずがない。

……けれども……。

「おっかえりなっさーいっ」

弾んだ声と共に背後から伸びてきた手が、美涼が持つ傘を摑む。引っ張られるのと同時に振り向くと、そこには彼女の気持ちを曇らせる原因が立っていた。

「雨、強くなりましたねぇ。濡れませんでしたかー？」

美涼はムッとした顔で琉生を見る。彼女の答えがないので彼は小首をかしげたが、すぐに意味を悟ってにやりと口角を上げた。

「はいはい、見ればわかりますよ。濡れなかったんですね。よかった」

「なにしてるの？」

「は？」

「どうして帰ってきたときまで、堂嶋君がここにいるの？　まさか、ずっといたわけじゃないわよね」

琉生の質問には答えないが、自分の疑問はシッカリとぶつける。すると彼は、さらに傘を引き寄せて美涼に顔を寄せた。

「なに言ってんですかー？　美涼さんを待っていたに決まってるじゃないですかー」

「仕事しなさい。なにやってるの」

「してますよ、仕事」

「どこがっ？」

アハハと笑いながら、琉生は受付カウンターへ歩いていく。どうやら傘を返しにいってくれるようだ。

「ご苦労さん。雨の中、悪かったな、倉田」

琉生のうしろ姿を睨みつけていた美涼に威勢のいい声がかかる。顔を向けると、体格のよい父親ほどの年齢の男性が近づいてきた。上司の松宮《まつみや》だ。

挨拶代わりに上げられた手には、愛飲する煙草《たばこ》の箱。それを見て、美涼はちょっと恨みがましい顔をする。

「はい、雨の中、課長のご指示を執行《しっこう》すべく出かけてまいりました。課長は……、ご休憩でしたかぁ～？」

これはまずいと言わんばかりに、松宮は素早く煙草をスーツのポケットへ入れる。ごまかし笑いをしながら、彼は背後を親指でくいっくいと示した。

「ちょっとな。でも、俺もこれから出かけるんだ。出陣前の一服《いっぷく》なんだぞ」

「それは、お疲れ様です」

松宮が示したのは、エントランスホールの片隅にある喫煙室《きつえんしつ》。自動販売機がズラリと並ぶ壁側に設置されたガラス張りのスペースは、主に男性喫煙者の憩《いこ》いの場だ。松宮は、この常連である。

「どれ、雨の中を素直にお使いへ行ってくれたいい子には、ジュースでも買ってやるか」

「わーい。ありがとーございまーす」

美涼がおどけた声を出すと、松宮は威勢よくハハハッと笑い、彼女の背をバンバンと叩いた。……少し勢いがありすぎて痛い。

商社の営業課長というよりは、工事現場の監督といってもおかしくない雰囲気を持つ松宮。武骨《ぶこつ》で大雑把《おおざっぱ》にも感じられるが、実はとても仕事に正確で部下にも細かい配慮をしてくれる上司である。

松宮に目をかけられた男性社員は必ず出世をするとまで言われており、実力とやる気さ

えあれば、女性の部下でも上へ押し上げる手助けをしてくれる。

彼が目をかけて一番出世した元部下といえば、なんといっても現在総務課に在籍する女

性だろう。彼女は三十一歳にして総務部部長であり、この会社の副社長夫人だ。

いくらなんでもそこまで出世したいとは思わないものの、美涼は松宮の部下になれて嬉

しい。

一ヶ月前、会社を辞めようとまで思い悩んでいた彼女の様子を察し、国枝の補佐から外《はず》

してくれた。それ以来、仕事は主に松宮から回ってくる。

そのおかげで、美涼は救われたのである。

——会社にも家にも、身の置き場を感じられなかったあの状況から……。

「あーっ、いいなぁ、美涼さんっ。ジュース買ってもらってる」

飲み物を選び、それを取り出そうとしたとき、背後から琉生の声が聞こえた。駆け寄っ

てくる足音が止まると、美涼は握りしめたペットボトルを彼に突きつける。

「ジュースじゃない。お茶っ」

琉生の鼻先には、燦然《さんぜん》と輝くブレンド茶。息の長い定番商品である。

「どっちだっていいじゃないですか。買ってもらっていいなぁ、って話なんですから」

「よくないっ。ジュースとお茶は違うでしょう。炭酸飲料の商談に行って、お茶商品の説明はしない、それと同じ」

「美涼さんの説明、わけわかんないです」

「わかんなさいっ」

「でも俺、お茶系の商談に行って、炭酸飲料の契約取ってきたことありますよ」

「わけわかんない」

「わかってくださいっ」

意地の張り合いのような言い争いをしていると、見ていた松宮が楽しげに笑う。

「なんだなんだ、仲良しだな、おまえら」

「えーっ、そうですかぁ？」

「仲良くないですっ！」

嬉しがって照れたのが琉生。反発したのが美涼である。

当然だが、松宮はさらに噴き出した。美涼のときよりも強めに琉生の背を叩き、自動販売機の前へ促す。

「どれどれ。じゃあ、喫煙室まで追いかけてきて俺を休ませてくれなかった仕事熱心な部下にも、ジュースを買ってやろう」

「ごちそうさまですー、課長ーっ」

「おまえのおかげで出陣前の一服がまずくなったから、でっかいペットボトルの高いやつは駄目だぞ。ちっこい缶のやつを選べ」

「課長っ、せこっ」

「ごちゃごちゃ言うなら買ってやらんぞ」

「ちっこい缶で充分でありますっ」

チクリと皮肉を交えながらも、和気あいあいと楽しそうな上司と部下。普段ならばクスリと笑ってしまう光景だ。

しかし美涼は、ふつふつと申し訳なさが湧き出してきて笑うどころではない。

というのも、出かけたときと同じく琉生がエントランスにいたので、美涼はそれだけで彼が仕事をさぼっていたのだと決めつけてしまった。

だが松宮との会話を聞く限り、琉生は仕事の話をするためにここにいたのではないか。話が終わってひと息ついたときに、偶然美涼が帰ってきた。

サボっていたわけではない。それなのに、琉生は誤解をした美涼を責めなかった。ムキになって言い返すことも、機嫌を悪くすることもなかったのである。

(ちょっと、悪いことしちゃったかな)

姿を見ただけでサボりと疑ってしまったことを反省する。

わずかに湧いたお詫びの気持ちで、五〇〇ミリリットルのペットボトル飲料でも奢ってあげようかと顔を向けた。……が、琉生が流行りのエナジードリンク缶を選んだのを見て、自分の考えを却下した。

……缶は小さくとも、美涼が選んだお茶より高価だ。

「遠慮ねえな、堂嶋は」

「課長、ちっこい缶ならいいって言ったじゃないですか」

それでも楽しそうに笑うふたりを、美涼は苦笑いで見つめる。すると松宮が彼女に顔を向けた。

「デスクに新規の書類置いておいたから。見積もりの作成頼むな」

「はい、わかりました」

「急ぎなんだけど、今日中にできるか？」

「大丈夫です」

「倉田は仕事が早いから、ほんと助かる」

「ありがとうございます」

新たな仕事に向かうべく、美涼は「お茶、ありがとうございました」と再度礼を言い踵《きびす》を返す。エントランスを急ぎ足で歩きながら腕時計を確認し、見積書の作成くらいならば定時までにできるだろうと考えた。

（項目の量にもよるけど……）

それでも、松宮は部下に回す仕事もあらかじめの確認を徹底《てってい》しているので、商品や価格の再確認もスムーズだ。

おかげで、以前よりは格段に美涼の残業は減っている。

エレベーターの前で立ち止まり、呼び出しボタンを押そうと手を伸ばす。すると、うしろから伸びてきた手が先にボタンを押した。

「かっこいいなぁ……」

押したまま動かないので、声の主である琉生の腕は美涼の右側をふさいだままだ。背後に立ち、彼はわずかに身をかがめて彼女に囁きかけた。

「仕事量の確認もしていないうちから、『できます』って言えちゃうんだ？　かっこいい。かっこよすぎるよっ、美涼さんっ」

腕でふさがれていない左側のエレベーターが先に下りてくる。ドアが開くと、美涼はさっさと乗りこんだ。

他に乗る者がいなかったのですぐに扉を閉めようとしたが、一瞬早く琉生が中へ滑りこんでくる。ムッとする美涼を見て薄笑いを浮かべ、腕を組んだ。

「美涼さんって、かーわいいよねぇ」

「はぁっ？」

素っ頓狂《すっとんきょう》な声を出したときドアが閉まる。美涼は急いで九階を押し、琉生に向き直った。

「君ね、そういう軽口はいい加減に……」

「なんか無理してる。いっつもそうだよねぇ。仕事も人間関係も〝私は強いんです〟って、無理やり相手に思わせようとしてる」

美涼は咄嗟《とっさ》に琉生を睨みつける。しかし彼がニヤリと笑ったのを見てハッとした。

してやったり……。そう言われているような気がしたのだ。

ここでムキになっては図星だと思われる。当然、琉生は、わざと煽《あお》ってきているのだ。

思い直そうとするが、琉生の行動のほうが早い。美涼は両肩口を掴まれ、エレベーターの横壁に押しつけられた。

「俺に対してもそうだよね。冷たいっていうかなんていうか。がっちり上下関係を作ろうとしてるっていうか、絶対に自分を下に見せないようにしてるっていうか」

「君は後輩なんだから、上下関係はあるのが当り前でしょう？　それとも、なに？　女だからって、年上でも馬鹿にしてるの？」

「馬鹿になんてしてませんよ。だいいち美涼さん、後輩の女子にはフレンドリーで優しいじゃないですか」

美涼は言葉に詰まる。一瞬の沈黙のあと、琉生が口を開いた。

「美涼さんってさ……、年下の男が嫌いなだけなんじゃないの？」

「嫌い……。嫌いよ！　特に君みたいに、後先《あとさき》なにも考えていないような、チャラくて生意気な男、大っきらい！」

ムキになりすぎている。

自分の理性がそれを理解していた。しかし動揺で先走る思考が、そのまま言葉を出してしまう。

特に、と、琉生を示したのは、さすがに彼もカチンときたのかもしれない。感情を表していなかった琉生の眉がピクリと寄った。

「じゃあ、年上なら好きなんですか」

「……どうして、そっちの意味になるの……」

「そういう意味でしょう？　年下男は大嫌いで、年上男は大好きなんですよね？　……部下にわざと残業をさせて、ふたりきりになったところで襲ってくるような男でも、年上なら好きなんでしょう？」

美涼は目を見開く。自分でもわかってしまうくらい身体が固まり、血の気が引いた。

琉生の目が片方だけ細められる。同時に小さな舌うちが聞こえた。

――口が滑った。

そう言いたげな彼を、美涼は凝視《ぎょうし》する。

――彼は、なにを知っているのだろう……。

間違いなく当事者以外は知るはずのないことを知っている。

気まずい雰囲気が漂う中、ふたりはその体勢のまま固まった。エレベーターが九階へ到着し、同時に我にかえる。

扉が開いて誰かがいたら大変だ。こんな体勢のままでは、下手をすれば怪《あや》しげなことをしていたと疑われてしまう。

琉生も同じことを思ったのだろう。美涼が動きだそうとした瞬間に手を離したので、彼女はドアが開くと同時に急ぎ足でエレベーターを出た。

案の定、営業課員が数名エレベーター前に立っている。「お疲れ様です」と声をかけ、さっさとその場を離れた。

また琉生が追いかけてくるのではないかと焦ったが、彼はエレベーターを待っていた課員に仕事の話でつかまったようだった。

ホッとしつつオフィスへ向かう。冷や汗をかいたせいなのか、それとも水滴がついただけなのかはわからないが、ペットボトルを持つ手の内側がひどく濡れている。美涼はスーツのポケットからハンカチを取り出し、ペットボトルの表面を拭いながら歩いた。

「何度言ったらわかるんだ！」

しかしその足は、突然聞こえた怒鳴り声で止まる。顔を上げると、目の前に迫った営業一課のオフィスの中で、後輩の沢田永美《さわだえみ》が上司から叱責《しっせき》を受けている姿が目に入った。

「まったく言ったとおりにできていないじゃないか！　書類の見本も渡しただろう！」

「も……申し訳ありません、主任……。あの……、すぐにやり直して……」

「もういい！　これで何度目だと思っている？　まったく仕事が進まない！」

オフィスの中といっても出入口に近い場所だ。通路の中央に向かい合わせに立ったまま怒られていては、課員どころかオフィスの前を通りかかった他の部署の人間まで何事かと視線を向けていく。これでは彼女が晒し者ではないか。

美涼は眉をひそめ、部下に怒鳴り散らす国枝満留《みつる》を見る。

美涼よりひとつ年上の二十八歳。普段は冷静で優秀な人なのに、自分が思ったとおりに事が運ばない事態が続くと理性を失いがちになる。それが欠点。

わかっているのかいないのか、なかなかそれを直そうとはしない。美涼は小さく嘆息し、目をそらして何食わぬ顔でオフィスに足を踏み入れた。

なるべくそちらを見ないようにしながら自分のデスクへ向かう。しかしそんな美涼に、背後から国枝の声がかかった。

「倉田さん、ちょっと」

さっきの琉生ではないが、舌うちをしたい気分だ。唇を結んでそれに耐え、美涼はくるりと振り返る。

国枝は手に持っている書類を振り、オフィスの外を指差して、ちょっと来て、とでも言いたげな合図を送っていた。

永美に目をやると、彼女は顔を伏せて肩を震わせている。そんな彼女に美涼と同期の遠《えん》藤《どう》千《ち》明《あき》が声をかけ、席へ戻ろうと促《うなが》していた。

今日は何回叱られたのだろう。永美は入社三年目で琉生の同期だ。

女子課員の中では一番若い。仕事に慣れた先輩が多いおかげで、今までその手伝いや雑用ばかりをやってきた。

それが一ヶ月前からいきなり主任補佐になったのだ、つらくないはずがない。

しかし、彼女がそんな立場に置かれることになった原因を、美涼は知っている。

それを思うと、いやいやながらも国枝のあとを追わざるをえなかった。オフィスを出ていくふたりの姿を見ていた課員たちは、国枝が美涼に仕事を頼むためにミーティング室へでも移動するのだと思っていることだろう。

彼女に頼めば、仕事は早急に片づき事態は収まるはずだと。

一ヶ月前まで国枝の専属補佐同然だった美涼なら、最近仕事が進まなくてイラついている主任をなんとかしてくれる。そう思っているに違いない。

だが美涼にはわかっている。

国枝がイラついているのは、仕事のことだけではない。

「ちょっと厳しすぎるんじゃないですか？」

ミーティング室とは逆方向へ歩いていく国枝のあとにつき、うしろ姿を見ながら一言口にする。すると、国枝の肩がわずかに揺れた。

まるでおかしさを堪えているかのよう、彼の肩は揺れ続ける。

笑いの原因は美涼の一言で間違いがないのだから、彼女にしてみれば不愉快極《きわ》まりない。

口には出さず顔で不快を表していると、いきなり国枝に腕を掴まれ、そばにあった小会議室へ押しこまれた。あまりにも突然だったので、持っていたペットボトルが手から滑り落ちる。

それを拾う間もなかった。驚いて振り返った瞬間、あとから入ってきた国枝がドアを閉めてしまったのだ。

すぐにドアの横の壁に押しつけられ、美涼は身体を固めた。

さっきの琉生といい国枝といい、今日はずいぶんといろいろなところに押しつけられる日だ。たださっきと違うのは、明らかに今のほうが身体も顔も位置が近いということだろう。

「……厳しくもなるだろう？　美涼が僕の補佐から抜けて、仕事がまったくスムーズに進まなくなった……」

「勤務時間内ですよ、国枝主任。そんなに不満ならば、補佐に対する仕事の期待レベルを下げて、ご自分で手掛ける量を増やせばよいのでは？」

プライベートの顔を覗かせた国枝を、美涼は何気なく牽制《けんせい》する。彼女が仕事モードから態度を変えないので、国枝は不快そうに眉を寄せた。

「美涼……、また僕の補佐についてくれないか……。課長には、僕から上手く説明しておくから」

「今後一切、プライベートでも仕事でも、私と関わりを持たない。――それが、約束だったはずです」

しつこく馴《な》れ馴《な》れしい態度をとる国枝を、美涼はさらに牽制する。約束という言葉に反応したのか、彼女の腕を押さえつけていた手に力が入った。

「いっそ……、同じオフィスに私はいない、くらいの気持ちでいてほしいですね」

「目の前にいるのに？」

「私は主任がいないつもりで仕事をしています。……さっきのように、怒鳴り声が聞こえたときは意識もしますが」

「……ずいぶんと、冷たいことを言うんだな」

「ふたつ以上年下の女の子は、素直でかわいいからお好きなんじゃなかったですか？　沢田さんにも優しくしてあげてくださいね。……私の妹には、すいぶんと優しくしてくださっているようですし」

国枝の口調が気に障《さわ》る。イラつくあまり言わなくてもいいことまで口から出てしまったが、効果はあったようだ。

押さえつけられていた手の力が緩んだので、美涼は身体をよじって国枝から離れた。

「美涼！」

しかし再び腕を掴まれる。また引き寄せられたら今度は逃げられないかもしれない。美涼が素早く身を引こうとした瞬間、勢いよくドアが開いた。

「主任～」

ドアの勢いとは反比例する間延《まの》びした声。ふたりが同時に顔を向けると、そこには開いたドアに片腕を引っ掛け、中を覗きこむ琉生がいた。

彼は何食わぬ顔で中へ入ると、ドアが閉まらないよう片足の爪先《つまさき》をドアに挟み、手を伸ばして国枝が握りつぶしかけていた書類を取る。

「これこれ。沢田にやり直しさせるんで、もらっていきますよ。……それと……」

琉生は続けて美涼の腕を掴み自分のほうへ引き寄せる。突然の入室者に驚いたのか、国枝が美涼を摑んだ手に力は入っていない。そのせいで彼女は身体ごと軽く琉生の胸にぶつかってしまった。

「倉田さんも借りていきます。元補佐の先輩に指導してもらえば、沢田だって倉田さんみたいに上手くできるようになりますよ。沢田は、なぜか引き継ぎも受けないまま倉田さんがやった仕事の見本だけを渡されて、同じようにやれとだけ言われていますよね。焦るあまり正確な確認もできず、自信の持てない仕事ばかりをして毎回怒られている。……無理ですよ。こんなことの繰り返しでは、できるはずがないんだ。百聞《ひゃくぶん》は一見《いっけん》に如《し》かずっていうでしょう。倉田さんについてもらって色々聞かせてもらえれば、沢田だってわかるようになります。――倉田さんに引き継ぎをさせなかったのは……、個人的な理由でもあるんでしょうか……？　主任」

ちょっと声をひそめた最後の言葉は、どこか意味ありげだ。

気に障ったのか、国枝は一瞬琉生を睨みつける。しかしすぐに目をそらし、琉生が隙間を作っていたドアを大きく開いて出ていってしまった。

「……図星かぁ……。けっこー大人げないなぁ、主任って」

クスクス笑い、琉生はドアに挟んでいた足をどける。相変わらず美涼の腕は摑んだままだ。ドアの横にある照明のスイッチを入れる彼を見ながら、美涼は口を開いた。

「どこから見てたの？」

「はい？」

「ここに来たってことは、入るところから見てたの？」

「見てた、つうか、ここにいるっていうのがわかった、が正しいかな。ドアの前に美涼さんが買ってもらったお茶が落ちていたし。沢田の指導をお願いしようと思って来た。それだけですよ」

美涼は黙って琉生を睨みつける。やっと照明が点《つ》けられた室内で、なんでも知っていると思わんばかりの生意気な顔が、イラつくくらいハッキリと見えた。

夕方にはまだ早い時刻だが、雨のせいで室内はかなり薄暗く、それでも先程までは照明を点けてはいなかった。そんな室内で壁にくっついて話をしていたふたりを目撃したというのに、琉生は戸惑う様子も驚いた様子も見せなかった。

彼はドアの外にいた。それなら、国枝と美涼がプライベートな話で揉めていた一部始終を知っているのではないか。

「……じゃあ、どこから聞いてたの？」

少し聞きかたを変えてみる。琉生はとぼけた顔で視線を斜め上へ向け、「うーん」と考えるふりをした。

「そうだなぁ……。ゲスな勘繰《かんぐ》りをするなら、美涼さんが国枝主任の補佐を引き継ぎもなく退いてしまったのは、主任が残業中でも構わず抱きたくなるくらい大好きだった美涼さんを裏切って、こともあろうに美涼さんの妹さんに手を出してしまい、それを怒った美涼さんが三行半《みくだりはん》を叩きつけたんだろうなぁ……って、わかるところくらいからかなぁ」

「最初から全部じゃないの！　馬鹿っ！」

　摑まれていた腕を勢いよく振りほどく。くるりと背中を向けると、背後で琉生が大きく息を吐いた。

「ねえ、美涼さん。沢田に仕事教えて、課長に頼まれた仕事をやっても、残業にならない？」

「……少し、なるかもね」

「じゃあさ、俺もそれに合わせて残業するから、終わったら飲みに行こうよ」

「しつっこいわねぇ。どうして堂嶋君と一緒に……」

　腕を振りほどいたのと同じくらい、勢いよく身体ごと振り返る。琉生を睨みつけてやろうとしたが、彼女の言葉は驚きとともに止まった。

　彼が、とても真剣な顔で美涼を見つめていたのである。

「美涼さんが大っ嫌いな年下に、ここまで醜態《しゅうたい》見せて、悔しいだろ？」

「……醜態って」

「美涼さんは昨日の俺の秘密を知っている。俺は、美涼さんの他人には知られたくない秘密を知っている。……おあいこだけど、俺のほうが情報はでかいよね」

「なに、脅すの？」

「あったりぃ～」

「あのねぇ！」

琉生は食ってかかろうとした美涼の頭に腕を回し、そのまま抱き寄せる。密着したことに驚いて動かなくなった彼女の耳元に唇を寄せ、囁いた。

「頼りない年下だって……話を聞くことはできるんだよ。つらいことってさ、誰かに話せば楽になったりするだろう？」

不覚にも、ドキリと胸が高鳴る。頬が熱くなっていくのを感じ、美涼は慌てて琉生を突き放すと急いでドアを開けた。

「ざ……残業になるかならないかは、永美ちゃんの出来次第だから……。が、頑張ってもらえるように、ジュースの一本でも差し入れなさいよ」

これは仕事が終わったらつきあうという意味。それを悟った琉生は「りょーかいしましたぁ～。美涼さんのために差し入れますっ」と、いつもの調子で軽口をきく。

そんな彼を残し、美涼はさっさと小会議室を出ると、顔を伏せたまま速足で歩きだした。熱くなったまま収まらない頬を、気のせいだと自分に言い聞かせる。

（そんなはず、ない……）

美涼を抱き寄せたときの琉生が、生意気な年下ではなく、とても頼もしい男性に思えてしまった。

これは気のせいだ。

美涼は、そう心の中で繰り返すしかなかった……。

『もしもし、あっ、お姉ちゃんなの？』

おっとりとしたかわいらしい声に癒《いや》される。

永美の指導と自分がやるべき仕事で張り詰めていた美涼の神経は、妹、美緒《みお》の声音を耳に入れた途端《とたん》ゆっくりとほぐれた。

『今どこにいるの？　駅？　もう帰ってくる？　あのね、今夜はお姉ちゃんが好きなしゃぶしゃぶだよ。今日はね、お父さんももう帰ってきてるんだよ。お仕事行った先から直接帰ってきたんだって。久しぶりにみんなそろってご飯だね』

家族団欒《だんらん》を喜ぶ声は、とても嬉しそうで無邪気だ。そのせいか、美涼は伝えようとしていた用件を一瞬躊躇《ちゅうちょ》した。

「それなんだけどね、今日は夕飯に間に合いそうもないの。だから、夕飯いらないから、って、お母さんに伝えてもらえる？」

『ええっ？　お姉ちゃん、残業なの？』

「あ、ううん……、残業っていうわけじゃ……」

つきあいで飲みに行くだけ。そう言おうとした美涼の耳に『姉貴、残業!?　やりぃ、肉の取り分増えた！』と歓喜する声が入りこむ。美涼は自宅の固定電話にかけていたのだが、どうやら弟の涼輔《りょうすけ》がそばにいたようだ。

美緒の会話を聞いて美涼が夕食時にいないと知り、姉の分になるはずだった肉の配分に期待を膨らませているらしい。

電話の向こうにいるのが涼輔本人なら怒鳴りつけてやるところだが、ここで大声を出しては美緒にダメージが及ぶ。おまけに今いる場所は、オフィスから出た九階フロアの休憩所。

定時から一時間が過ぎ、仕事を終えた琉生と美涼は缶コーヒーでひと息ついたところだ。ふたりしかいないが、琉生にプチ姉弟喧嘩を見せるのもイヤだった。

美涼が反応しないままでいると、電話の向こうで兄を叱る妹の声が聞こえてきた。

『もう！　お兄ちゃん、そんなこと言っちゃ駄目でしょう！　お姉ちゃんはお仕事なんだよ！　そんな意地悪なこと言ったら、美緒のお肉分けてあげないから！』

『わかったっ！　そんなに怒るな！』

どうやら、ちゃっかり美緒の分も分けてもらう約束をしていたらしい。

（あいつ……バイト代出たら焼き鳥奢らせてやる……）

報復措置《ほうふくそち》として密かなたくらみを巡らせ、腹の中で黒いオーラを放つ。そうしながらも、美涼は美緒に優しい声をかけた。

「残業もそうなんだけどね、そのあと会社の人と飲みに行く約束しちゃってるの」

『そうなんだ……？　飲みすぎないようにね。お姉ちゃん、平日でも飲みすぎてお友だちの家に泊ってきちゃったりするから……。ちょっと心配』

「大丈夫よー。そのへんは気をつけるわ。ありがとう。お母さんに言っておいてね」

『うん。じゃあね』

声を聞いているだけで、美涼の話を一切疑わずニコニコとしている美緒が想像できる。

なぜかかすかな罪悪感を覚えながら、美涼は通信を切りスマホをテーブルに置いた。

琉生も美涼も、しばらく口を開かなかった。どこかのオフィスから聞こえてくる笑い声が耳に入るほど、休憩所は静かだ。

小さなテーブルの横では、琉生が缶コーヒーを片手に美涼のスマホを眺めている。残業は終わったし、帰宅が遅くなる旨も伝えた。缶コーヒーも飲んでしまったのだから『さて、飲みに行くか』と立ち上がってもいい。

けれど美涼は、動くことができなかった。

なんとなく照れくさかったのだ。会社では見せない、プライベートの顔を見せてしまったことが。

「……優しい声、出すんだ……？」

琉生もなにかを感じたのだろう。美涼のスマホを人差し指でツンっとつつく。

「今、話してたのが妹ちゃん？」

「……そうよ」

「すっげー、かわいがってるんでしょう？　声を聞いていたらわかるよ。デレデレしてる感じだった」

からかい気味のセリフだけれど、琉生の口調はくすぐったげでおだやかだ。

たとえるなら、小動物を見て「かわいい」と同じ感想を持つ感覚。そんな共感を抱いているのかもしれない。

「問題の妹ちゃんだよね。いくつ？」

「誕生日が冬なんだけど、十九歳になるわ。大学一年生よ」

「じゅ、十代かよ……」

琉生は一瞬、ずいぶんと驚いた顔をした。美緒の歳を、自分と同じくらいか二十歳はすぎていると思っていたに違いない。

なんといっても二十八歳の国枝が手を出してしまったのだから、ギリギリとはいえ、よもや十代とは思ってはいなかったようだ。

「美涼さんと八つも離れてるんだ？　そりゃあ、かわいがるか……」

「かわいくなかったら、つきあってた男を譲《ゆず》ったりしないよ」

皮肉っぽく言い捨ててから、ちょっと大人げないことを言ってしまったかと後悔する。

だが琉生はそんなこと気にしていないかのように話を進めた。

「弟さんも、大学生だよね」

「どうして弟のこと知ってるの？」

美涼は不思議そうに琉生を見る。彼が入社して二年半、今日以上に関わりを持ったことはない。仕事の話や雑談くらいはしたこともあったが、家族の話などをした覚えはない。

すると琉生はニヤリと笑ってテーブルに片ひじをつく。缶に残っていたコーヒーをあおると、それをテーブルに置きながら肘をついた手に頭をのせた。

「遠藤さんとかにさ、よく愚痴《ぐち》ってるでしょ。『弟の長電話がうるさい』とか『二十歳すぎてもチャラくてしょーもない』とか」

「間違いじゃないけど……。そんなこと言ってたっけ？」

「言ってましたよー。やだなぁ、覚えてないんですか？」

「うーん、……弟と喧嘩でもしたときに愚痴ったかも……」

「忘れちゃったのかな。まあ、一年以上前だし」

「そんなの覚えてるわけがないでしょう。堂嶋君、よく私がそんなこと言ってたのを覚えてるね」

　家族のことなど滅多に話題にはしない。一年以上前の話というのも、きっと何気ない話題から出たものに違いない。

　琉生も美涼の珍しい愚痴を耳にしたので覚えていただけだろう。そう考えて琉生を見ると、彼は上げていた口角を心持ち和ませた。

「そりゃぁ、滅多《めった》に聞けない話題だし。覚えてますよ」

「滅多にって……。いっつもなんか聞いてるような言いかた」

「聞いてますよ」

「は？」

「俺、美涼さんが誰かと話をしてると気になるんで。いっつも聞き耳立ててます。特に、男と話してるときとか」

「なにそれっ。気持ち悪いよっ」

冗談だろうとは思いつつも、美涼もふざけて変態扱いをする。反発するかと思われた琉生は、ハハハと笑うものの特に反論もしなかった。

もしかして、いつも聞き耳を立てているというのは本当のことかもしれない。

……美涼は、ふと思う。

琉生の言動から、彼が以前から国枝と美涼の関係を知っていたのは明白だ。

つきあっている相手がいることを仲のよい同期にはチラリと教えたことはあったが、相手が誰かまでは言っていない。もちろん家族にも。

いつも美涼に目を向け、彼女の言動のひとつひとつに興味を持っていなくては気づけることではないだろう。

（なんなの……）

美涼は黙って琉生を見つめる。

今まで、こんなにも密に彼と接したことはない。ただの後輩、いい男を気取った、ちょっとチャラい男。特に進んで関わりを持つべき人間でもない。

そうとしか思っていなかった。

――年下の男は嫌い……。

子どもで、頼りなくて、我《わ》が儘《まま》で。

実力もないくせに、年上の女に対して妙に虚勢《きょせい》を張る。自分を下に見せないように〝女のくせに〟と。

生意気な生き物でしかない、年下の男。

――なのに……。

「なんなの……君」

「はい？」

「なんで……そんなに私を見てるの……。ヘンでしょ……」

強気で口にしたつもりだが、美涼はとても情けない顔をしてしまっているような気がした。

今にも泣きだしそうな目をしている。それが、自分でもわかる。

こんな顔をしていたら、この生意気男は、ここぞとばかりにいい気になってからかってくるだろう。

今すぐに顔をそらして立ち上がるべきだ。カラになった缶を捨てに行くふりをして、琉生に背を向けたら深呼吸をして表情を引き締めよう。

そう思っているのに。……目がそらせない。

琉生の表情が、美涼を見つめるその双眸が、見たこともないほどに穏やかだ。

彼の顔を際立《きわだ》たせる微笑に、生意気さを感じさせるものはない。

年下の男が、こんな顔をできるなんて知らない。

こんな顔、年上の男にだってされたことはない。

――まるで、なにもかも包んで受け止めてくれそうな……。寄りかかってもいいよと、言っていると錯覚させる顔。

「……生意気だと思わないの……？　年下のくせに」

なぜだろう。声が震える。

このタイミングで泣いても許されると思えるくらい、心がゆるんでいる。もしかして張り詰めさせているものを楽にしてしまっても、よいのでは、と。

カラになった缶を琉生に取られる。彼はそれをテーブルへ置くと、初めて見る美涼の弱い表情を愛しそうに見つめた。

「意地張りすぎなんですよ。年上だからって」

琉生の手が美涼の頭に回り、そっと彼女を抱き寄せる。

「……見てましたよ……ずっと……」

そして琉生は、質問に答えた。

「馬鹿だなって、自分で思うくらい。……いっつも、美涼さんばかり、見ていました……」

大嫌いな年下に抱き寄せられているのに。

不覚にもそれが心地よくて、美涼は動くことができなかった……。

第二章　年下は気持ち好いです！

「お姉ちゃん、あたし……妊娠したかもしれない……」

——息が止まった……。

美緒からそんな言葉を聞いたとき、美涼は「血の気が引く」という表現の真の意味を知ったような気がする。

全身が冷たくなり、頭が真っ白になる。かすかな浮遊感に眩暈《めまい》が伴《ともな》った。

妊娠。なんと妹に似合わない言葉なのだろう。

この美緒に。魚の受精シーンを見せることさえためらわれるこの妹に。言わせてよい言葉ではない。

「するようなこと……したの？」

それでも美涼は、姉として、相談された者の立場として、聞くべきことは聞いておかなくてはならない。

ふらついてしまいそうな足を踏ん張り、半泣きになる妹に質問をした。

美緒のことだ。もしかしたら、大学の先輩にふざけてキスをされたとか、電車で男性と身体が密着したとか、ショックのあまり、そんなおかしなことを言いだしたのかもしれない。

しかし、いくら純真可憐《じゅんしんかれん》な妹でも成人一歩手前の年齢だ。落ち着いて考えればそんな勘違いをするはずもないのだが、その可能性を考えてしまうほど、美涼も混乱していたのである。

姉の質問に、美緒はこくりとうなずいた。内容の恥ずかしさゆえか顔は伏せたままだが、垂れ下がる髪から覗く耳が真っ赤だった。

「……誰と……?」

相談をされたからには、これも聞いておかなくてはならない。

いまだかつて、美緒の周辺に仲のよい男の気配を感じたことはない。

引っ込み思案《じあん》で恥ずかしがり屋。高校だって女子高だった。大学は共学だが、所属は教育学部の保育学科。女友だちと入ったサークルは、レジン同好会。妹の私生活に男の陰などまったくなかったはずなのに。

まさか、そんな初心《うぶ》な部分を食い物にされたのでは……。

美涼の脳裏に、考えたくはない憶測《おくそく》が浮かび上がる。とんでもない。かわいい妹がそんな薄汚い欲望の犠牲になることを許せるものか。

美涼は憤りかけたが、彼女はそれよりも最悪な言葉を聞いた。

「……国枝さん……」

「は？」

「お姉ちゃんの会社の……国枝さん……と……」

美涼は目をぱちくりとさせる。国枝……国枝とは誰だ。もしや、二年半ほど前から美涼がつきあっている上司の国枝のことだろうか。

家族に恋人がいるという話はしたことがない。もちろん、国枝の話をしたこともない。ただ、三ヶ月ほど前、国枝と一緒に歩いているときにバッタリ美緒と鉢合わせしてしまったことはある。

そのときは、会社の上司、とだけ説明をした。美緒は、国枝と美涼がつきあっていることは知らない。

――知らないから……。こんな相談ができたのだろう。

「国枝さんと……、ふたりで会ったの？」

美涼の質問に、美緒は恥ずかしそうにしながらもシッカリと答えた。幼いころから美涼に懐《なつ》き、親に言いづらいことでも姉には必ず相談していた妹。それは、成長してからも変わらない。

三ヶ月前、初めて国枝と顔を合わせた美緒。その後、偶然にもショッピングセンターで再会したらしい。

それがきっかけで何度か会い、食事に行くようになり、そして……。

「信じられる⁉　そのまま、よ！　ヴァージンの女の子に避妊ナシって……‼　馬鹿じゃないの、なに考えてるのっ⁉」

ダンっとテーブルにグラスを叩きつけ、美涼は再燃した憤りを爆発させる。

彼女の声は通常より大きかったものの、そのセリフをちゃんと聞いていたのは琉生くらいのものだろう。

ふたりで座っているバーのカウンター席が一番奥であること、ちょうど客が入店しカウンター内にいたマスターの気がそちらへ向けられたこと、また、カラオケを歌い終わった客がかなりの歌唱力の持ち主だったことから、店内の客が全員で拍手を送ったタイミングが重なったのも大きな原因である。

「主任……ほんっとーに大人げないな……。見る目変わったわ……俺……」

話の内容に呆れ顔で反応し、琉生は勢いよく置かれたグラスに黒ビールを注ぎながら、チラリと美涼を見た。

「で？　妹ちゃん、できてたんですか？」

「結局は月のモノが遅れただけ。そういうことをしちゃったあとだったから、心配でしょうがなかったんでしょうね」

「んで？　主任って、いっつも〝着けない派〟なんですか？」

その瞬間、後頭部に美涼のこぶしが飛ぶ。元恋人、という立場から聞く相手は間違ってはいないのだが、本来、女性に気安く尋《たず》ねるべきことではない。

「やーらしいわねっ。なに聞く気っ」

「だって気になるじゃないですか。いっつもだったらスゲーって」

「なにが『スゲー』なのよっ。興味本位《きょうみほんい》で聞いてんじゃないわよ」

「美涼さんにもいっつもそうだったのかな、とか考えたら、興奮して鼻血出そうになるじゃないですか」

「ヘンタイっ」

咄嗟に出た手が並んで座る琉生の太腿を叩く。パンッといい音はしたが、彼はそれほど痛くはなかったようだ。

「……いつもは、そんな人じゃなかった……。ちゃんと気にして、そういうものは持ち歩いてるような人だったし」

庇うつもりではなかった。自分が無避妊を許す女だと思われたくはないという女のプライドが動き、つい国枝を擁護《ようご》するような発言になってしまっただけである。

グラスを手に取り、照れくささをごまかす。口をつける手前でチラリと琉生を見て「堂嶋君みたいな、チャライのと違ってね」と言い捨てた。

「なっ、なに言ってんですかっ。俺だって気を遣いますよっ。それはそれは、しっこいくらいっ」

「へーぇ、そーなの？　ふーん、あーそぅ？　じゃあ、今はその気を遣った物を持ってるの？」

「今は持ってないですよ。今夜、急にデートが入ったっていう同期がいて、もしかしたらに備えて渡しちゃったんで」

「ふーん、そーお。都合のいい同期がいるもんだわね」

端から琉生の話を嘘と決めつけ、アハハと笑いながら琉生のグラスにビールを注ぎ返す。カラになった瓶《びん》を振り、カウンターのマスターに声をかけた。

「マスター、ビール。普通のでいいよ」

すると、満たされたグラスを手に琉生が尋ねる。

「あれ？　美涼さんって、黒ビールが好きなんじゃなかった？」

「どうして？」

「黒ビールは独特の甘みがあって好きだ、って、言ってたでしょ？」

美涼はグラスに口をつけ考える。確かに好きだが、琉生の前でそんなことを言ったことがあっただろうか。

黒ビールというものを初めて飲ませてくれたのは、つきあい始めた当初の国枝だった。メーカーにもよるのかもしれないが、美涼が飲ませてもらった物は甘みがあって飲みやすく、しばらくそればかり飲んでいた覚えがある。

（あ……、そういえば……）

ふと思い出すのは、そんな時期にあった会社の飲み会。あれは一昨年の春、営業一課だけで企画した新人歓迎会だった。

黒ビールを注文した美涼を千明が珍しがった。それに対して『甘みがあって好きなんだ』と答えたのではなかったか。

あのときの新人といえば、琉生と永美だ。彼は、そのときのことを覚えているのだろう。グラスをテーブルに置き、美涼は琉生の顔を見る。マスターからビールを受け取った彼は、視線に気づき顔を向けた。

「イイ男だからって、なーに見惚《みと》れてんですか。酔ってる？　ちょっと目が潤んでますよ。かーわいいなぁ、美涼サンっ」

軽口を叩きながら顔を近づけ、美涼の頬を人差し指でつんっとつつく。すぐ反撃に出られると警戒したのか、琉生は身体をひねって素早く逃げた。

「どうして、覚えてるの……？」

「はい？」

しかし、そんなからかい口調に角を立てるより、美涼は違う疑問に心をとらわれる。近づいた琉生の顔を凝視しながら、軽薄に笑う双眸が徐々に真剣みを帯びていく様子を見守った。

「どうしてそんな古いこと……。二年半も前の話でしょう……？　それも、堂嶋君と話していたわけでもないし……」

会話の中で何気なく出た言葉だったと思う。言われた千明だって、そんなことは忘れているのではないだろうか。特に琉生が近くにいた覚えもない。

なのに……。

「言ったでしょう……」

深く艶を持った瞳が、美涼の目を見つめ返す。琉生の手が、そっと美涼の後頭部に添えられた。

「自分が馬鹿だなって思うくらい……、美涼さんばっかり見てました、って」

そのまま顔がさらに近づいたような気がして、美涼は思わず琉生の両肩に手を当てる。

しかし力は入ってはいない。目は彼を見つめたままだった。

「入社したときからずっと……、美涼さんしか……」

まさかの予感が当たる。

隠していたはずの国枝との関係。美涼の言動をいつも見つめている者にしか気づけるはずのないことを知っていた、琉生。

ずっと、美涼を見つめていたからこそ……。彼は……。

「ちょ……ちょっとっ……、顔、近いっ」

「大丈夫ですよ。飲みにきていいムードになってるカップル、くらいにしか思われてませんって」

「は、恥ずかしいでしょうっ」

ならば突き放せばいい。

いつもの調子でひと睨みすればいい。

なのに、手が動かない。琉生から目がそらせない。それは、彼の目がとても艶っぽくて綺麗なので、見惚れてしまっているという理由だけではない。

そらさないで……。まるで、琉生にそう哀願《あいがん》されているように感じるのだ。

「美涼さん……」

表情と同じくらい、声まで深く真剣になっている。

琉生はそのまま、美涼の心を溶かしていった。

「年下は大っ嫌いでも……、俺のことは、もっと知ってくれませんか……」

午後から降りだしていた雨は、ふたりが会社を出る頃には小雨に変わっていた。

そして今、バーが入っていた雑居ビルから出た時点で、すっかりあがっている。

雨が降りだしたとき、まるで琉生に絡まれはじめた自分の心境を代弁してくれているようだと美涼は感じた。

その見解《けんかい》のまま考えるなら。今の状況をどう捉えよう。

雨はあがっている。横には琉生がいて、なぜかぴったりと寄り添って歩いている。

彼のほうが背も高ければ足も長い。歩調が美涼より速いことは、エントランスでの追いかけっこで実証済み。なのに、琉生が美涼より先に進むことはなく、歩く速度はぴったり合っている。

あれだけ避けていた琉生が、大っ嫌いなチャラい年下男がそばにいるのに、まったくイラつかない。

イヤだとも、逃げたいとも思わない。まるでさっきまでの雨に洗われた空気のように、新鮮ささえ感じるのだ。

(酔ってるのかな……。私……)

琉生と並んで夜の街を歩きながら、美涼はぼんやりと考える。

見つめ合ったまま、なんとなくいいムードになってしまったふたり。自分をもっと知ってくれと意味深な言葉を琉生が口にしたあと、ふたりは注文したばかりのビールに手をつけることなく店を出た。

あのムードから、琉生がなにを求めているのかは察しがつく。ここで「プロフィールでも教えてくれるの？　履歴書でも読めって？」とはぐらかすほど、美涼は空気が読めない女ではない。

また琉生も、美涼が言葉の意味を汲《く》み取ってくれたのだと思っているだろう。次にどこへ行くという話もしていないのに、彼の足は確実に目的の場所へ進んでいる。

おそらく……、裏通りのラブホテルあたりへ……。

(私……、なにやってるんだろう……)

美涼はだんだんと恥ずかしくなってきた。

年下は嫌いだ。特に琉生のようなチャラい男はごめんだと豪語《ごうご》しておきながら、結局はほだされた形になってしまっている。

（なんか、すごく中途半端なことしてない……？）

琉生はどう思っているのだろう。ムードたっぷりのときは、いかにも美涼に気があるようなことを言っていたが、本気にしてもよいのだろうか。

つきあっていた男にとんでもない浮気をされ、まいっていた彼女の心につけこみ、上手くいきそうな空気を感じて調子づいてしまっただけなのか……。

色々と考えてしまうあまり美涼の歩調は徐々に遅くなり、やがて立ち止まる。琉生は気づかず先を歩いているのかもしれないが、美涼はそのまま自分の足元を見つめた。

（あれだけ言っておきながら、ムードにのせられた……。たいしたことのない女だと思われてるんじゃ……）

確かに、誰ともできなかった話を琉生と共有したことで気持ちは楽になった。

自分の中に溜めておくしかなかったドロドロとしたものを、吐き出してしまえたような気がする。

人間は、心が弱っているときに情をかけられると、無意識のうちにそれにすがってしまいたくなるものだ。美涼もそんな状態だった。

しかし、だからといってその相手がひと悶着《もんちゃく》あった琉生だというのは、年上として、会社の先輩として、少し迂闊《うかつ》だったのではないだろうか。ここはひとつ押し留《とど》まるべきではないか。

このまま流されて特別な関係になってしまった場合、余計な感情に振り回されて仕事などに支障が出ないとも限らない。

美涼はお酒とムードに酔っていた頭から理性を引きずり出し、現状を冷静に分析しようとする。

そうだ、今ならまだ間に合う。琉生だって、同課の先輩と特別な関係になれば仕事にやりづらさを感じるだろう。

ここはやはり押し留まるべきだ。

「あ……あのさ……、やっぱり、こんなこと……」

意を決して顔を上げる。……が、美涼はその直後、キョトンッと目を丸くした。

夜の街にうごめく人たち。立ち止まる美涼を、何気なく振り返っていく通行人。

そこに、琉生の姿はない……。

「え……」

さっきまで一緒に並んで歩いていたのだ。なにも言わずに立ち止まってしまったのは美涼だが、あんなに寄り添っていたのだから、彼女が止まったことにすぐ気づくだろう。

まさか本当に気づかずに先を行ってしまったのか……。それとも……。

「……おいていかれた……？」

それも考えられない展開のように思う。あれだけ人を煽っておきながら、そんなことがあるだろうか。

耳ざわりのいい言葉を並べたてて、人の気持ちをぐらつかせておきながら……。

「……なんなのよ……」

やはりこのまま関係を持ってしまうのはよくないと、琉生も思ったのだろうか。仕事もやりづらくなるかもしれない。手を出す女を間違えている、と。

そう考えると力が抜ける。美涼はその場にしゃがみこんでしまった。

「……いい加減すぎる……。馬鹿……。これだから……年下は……」

罵《ののし》ってみても、馬鹿にする年下に一瞬でも心奪われてしまったのは自分ではないか。

情けない……。なんとなく、自分が惨《みじ》めに思えてくる。

軽くなったと思っていた心が、また重くなりかかる。そのとき、美涼の肩にポンッと手がのった。

「どうしたの美涼さん、具合悪くなった？」

えらく慌てた声だ。美涼が顔を向けると、そこには声のまま焦り顔の琉生がいる。

「普通に歩いてたから大丈夫だと思ってたけど、吐きそうなら、そこの薬局でトイレ借りようか？」

彼は美涼がしゃがみこんでいるのを、具合が悪くなったからだと思っているらしい。彼女の腕を取り、ゆっくりと引いて立たせた。

「ど……どこに行ってたの？」

「え？　どこって」

「堂嶋君の姿が見えなくなったから、私が立ち止まってる隙にどこかへ行っちゃったんだと思ってた」

するとが琉生は小さく噴き出し、身を屈めて美涼の顔を下から覗きこんだ。

「はぁん……、俺に置いていかれたとか思って、シクシク泣いてたんだ？」

「なっ、泣いてないしっ。質問に答えなさいっ」

からかい口調にムキになって反応しては、そうですと言っているようなもの。——しかし、刹那《せつな》、琉生が嬉しげにはにかんだような気がして、不覚にも美涼の胸がドキリと跳ね上がる。

「俺、買い物してくるからちょっと待ってててって言ったんですけど。聞こえてなかったんですか？」

「買い物？」

「うん。あそこで」

琉生が指をしゃくった先には、大きな建物に挟まれた小さな薬局がある。さっきトイレを借りるかと言っていた店だろう。

話しかけられていたようだが、考え事をしていたので気づかなかった。だとすれば、美涼はちょうどよいタイミングで立ち止まっていたということになる。

「なにを買ってきたの？　栄養剤とか？」

ちょっと意味ありげにからかってみる。すると琉生は、ポケットから小さな箱を取り出した。

「うん、これ」

それを見た瞬間、美涼は慌てて琉生の手から小箱を取り上げ彼の胸に押しつける。周囲をチラチラと見回し、声をひそめた。

「なっ、なにを出してるのっ。しまいなさい、早くっ」

小さめの綺麗な箱だが、見る人が見ればそれがなにかはすぐにわかる。

遠目ならば美涼もわかりにくかったかもしれないが、間近だったのでばっちりと悟ってしまった。

彼が出したのは、コンドームの箱だ。

「だ、だいたい、なんで箱のまま持ってるのっ。袋にくらい入れてもらえばいいのにっ」

「薬屋のおじさんに『すぐ使うから、そのままでいいです』って言ったから」

「なんてこと言ってるのっ。恥ずかしいっ」

「美涼さんが一緒にいたわけじゃないんだから、恥ずかしいことないでしょー。あっ、そうしたら、おじさん笑って試供品くれたんですよ。いやーぁ、気前のいい店主さん。俺、絶対またここで買う」

悪気なく笑い、琉生は再びポケットから、今度はそのものズバリの四角い包みを取り出して美涼の目の前に持ってくる。

「でっかい製薬会社の新製品なんだって。すっごい薄いらしいですよ。買ったら高いのに四枚もくれた。らっきーっ」

「だから、出すなって言ってるでしょう！」

手に持った試供品も取り上げようとするが、今度は琉生も取り上げられる前にポケットへ入れ、続けて胸に押しつけられていた箱もしまった。

「美涼さんが……、なんか考えこんで立ち止まったからさ……。もしかして、気にしてんのかなと思って」

「え？」

「心配したんでしょ？　俺が、今日はゴムとか持ってないって言ったから」

軽薄な顔が、ちょっと照れくさそうに笑む。美涼は驚いてその顔を見つめた。

それは琉生の思い違いだ。美涼が考えこんでいたのは、そんなことではない。

だが琉生は彼女がそれを気にしているのだと思い、目の前に現れた薬局へ飛びこんだのだろう。

美涼は琉生を見つめ、不思議そうに問いかけた。

「どうして？」

「なにが？」

「だって、それなりの場所へ行けば、置いてあるじゃない……。わざわざ買ってこなくても……」

ラブホテルに入れば、避妊具は必ずといっていいほど常備されている。

それ以外の場所を選択するつもりならばともかく、今日は用意がないというのならそれが置いてある場所を選択するのが正解。

「だって、ラブホって、気がきかない所だと一枚しか置いてないじゃないですか」

「……何回する気」

冗談だと思いつつ反論すると、琉生がクスリと笑って顔を近づけた。

「今まで、美涼さんを抱きたいって思った回数……。これ、ひと箱十枚入りで、試供品四枚あるけど……、それじゃ足りないから、困ってる」

とんでもなく不埒な発言だ。こんな言葉を吐けないように針と糸で口を縫い合わせてしまいたいくらい、とんでもない。

――なのに、美涼は言葉が出ない。

琉生はクスリと綺麗な微笑みを見せ、背筋を伸ばして夜空を見上げた。

「こんな嬉しい気分なのにさ、ホテルにある間に合わせの物を使うなんてできないよ。美涼さんのために使うって決めて、張り切りたいじゃん」

再び嬉しそうにはにかむ笑顔が向けられる。不覚にも見惚れた美涼は、琉生に背を促され歩き出した。

「……高かったんでしょ……。それ……」

「うん、一番高いやつ、買ってきた」

「一枚使って終わりなのに。馬鹿だね」

「一枚ではぐらかされないように、頑張るし」

「……なにそれ……」

力なく琉生を蔑み、美涼は視線を宙に投げる。

目に入るのは、ネオンの灯りや雑多《ざった》なものに邪魔されながらも曇りなく輝く星空だ。

余計な思いが渦巻く中、琉生という年下男の存在が、なぜか疎《うと》ましく感じなくなっている。

美涼は、この夜空が自分の心のように感じた。

――人ごみから外れ、ネオンの光に脚色された夜空からふたりが身を隠したのは、一見シティホテル風の外観を持った建物だった。

とはいえ、そこがラブホテル的な役割を持つ建物であることには変わりがない。

人目を忍ぶような狭い廊下から部屋へ入り、ドアの横に設置された自動精算機を眺め、美涼は苦笑いをする。

室内は全体的に薄暗く、大きなベッドの頭側の壁についたライトだけがひときわ明るく灯っている。まるで「メインはここだよ」と言っているかのようだ。

少し意外だと思ったのは、室内がシンプルで、どちらかといえば地味な雰囲気であること。

琉生のようにイイ男を気取った遊んでます風の男なら、いかにもセックスを楽しむために作られた派手な部屋があるホテルを選ぶのではないかと思っていた。

（ちょっとした偏見かな）

ドアの前に立ったまま室内を眺める。そんなことを考えていると、左右を腕でふさがれ、琉生が顔を覗きこんできた。

「なんでつっ立てるんですか？　もしかしてー、隙を見て逃げようとか、無駄な抵抗しようとか思ってます？」

薄笑いを浮かべ怒っているような口調なのに、目の前にある彼の顔は不安げに見える。美涼が「やっぱりやめる」と言って出て行くのを心配しているのだろうか。

そう考えると、なんとなくくすぐったい気持になって美涼は苦笑した。

「そんなこと考えてないよ。堂嶋君みたいな男にしては地味なセレクトだなって」

「派手な所のほうが好み？」

「別に……。部屋が派手だろうと地味だろうと、することは同じだし」

「美涼さん、正直」

小さく噴き出したあと、笑ったまま琉生の顔が近づいてくる。そこから繋がる流れを察して、美涼は自然と瞼を閉じた。

唇に、温かなものが触れる……。

琉生は唇を押しつけたあと数回軽く吸いつき、繰り返すうちにできていく美涼の唇の隙間へ舌を挿し入れた。

それに応えて彼女が舌を触れ合せると、琉生がクスッと笑ったような気がする。

「美涼さん……積極的……」

「……からかうんなら、やめる」

「やーだっ」

途中で入る冷やかしに一言入れると、琉生はおどけた口調で反発し、強く唇を合わせながら美涼の身体を抱きしめた。

さっきとは違う濃厚なキス。首の角度をゆっくりと変えながら吸いついてくる唇は、熱い吐息で美涼の口腔を満たし、舌を絡め回して彼女をリードする。

「……ん……、フ……ゥ……」

その激しさに戸惑う吐息が、鼻から甘ったるい音を漏らす。両手で琉生の腕を掴み、少しでも唇を離して「がっつくんじゃないっ」と文句を言ってやろうと思うが、唇どころか顔も離れない。

しっかりと腰を抱き、後頭部を押さえられているので、美涼はピクリとも動くことができなかった。

諦めて身体を預けていると、油断した舌を唇でしごかれビクッと震える。

「……かーわいーい。震えた」

案の定、琉生から冷やかしの声がかかった。睨みつけたつもりだったが、キスの余韻《よいん》で息が乱れ、困った顔になっているのではないかと思う。

「つ、強くされたら、……ビックリするものでしょう」

「それだけ？」

「なにが？」

クスリと笑んだ琉生の唇が耳元へ寄せられる。美涼の耳殻《じかく》を舌でなぞり、彼は甘ったるい声を落とした。

「……感じたんだと思った」

囁きかけられた刺激に反応して、反射的に片方の肩が上がる。そんな美涼を抱きしめ、琉生は大きく息を吐いた。

「あーっ、美涼さんかわいいっ。なんかもう、かわいすぎるしっ」

「か……からかわないのっ」

「ほんとですってば。もー、この場ですぐ押し倒しちゃいたいくらい」

「シャワーくらい使わせてよっ。意地汚くがっつくんじゃないのっ」

「はーい」

意外にも素直な返事をして、琉生は美涼を解放する。肩からずり落ちかかっていた彼女のバッグを取り、部屋の中央にある小さなソファに置いた。

「美涼さん、シャワーお先にどうぞ」

スーツの上着を脱ぎながら琉生が振り向く。「あ、うん」と何気ない返事をすると、彼は意味ありげににやりとした。

「いきなり入っていったりしないから、安心して」

「なっ……、入ってきたら、目が開かないくらいお湯かけるからっ」

「美涼さんが言うと冗談に聞こえない」

あまり本気にしていなさそうな声で笑いながら、琉生はネクタイを緩める。そんな彼から目をそらし、美涼はバスルームへ向かった。

「そのうち一緒にはいろーね」

「なに、そのうちって」

二度目はないと言い切ってしまえばよかったのに、言えなかったのは、琉生の声があまりにも嬉しそうだったから……。

美涼は照れながらも、ふんっと鼻を鳴らした。

「……生意気なんだから……」

不満を呟く唇……。

けれど、その唇が熱い。

琉生の余韻を残して、甘い疼《うず》きを残しているのがわかる……。

＊　＊　＊

美涼がバスルームに入っていくのを見送り、琉生はズボンのポケットから避妊具の箱と試供品を取り出した。

それを手にベッドへ向かい、苦笑いを漏らす。

「これ見よがしに全部広げておいたら、引かれるよなぁ……」

呟きながら枕の下に隠し、彼は先程言った自分の言葉を思いだしてクッと笑いを詰まらせた。

「ほんとにさ……、これじゃぁ足りないんだよな……。でもさすがに、一晩で全部は使えないな」

そして、ふと真顔になる……。

「……いくら……、二年半待った……っていったって……」

軽薄な影が消えた目を切なげに細め、琉生は片手で唇を覆った。

――美涼をからかっておきながら、彼女の唇に触れて、理性を失いかけたのは自分のほうだった。

全身の血液が湧き上がって、気絶するかと思った。

「……美涼さん……」

唇だけがひどく熱い。いっそ頭から冷水《れいすい》をかぶってしまいたいくらいだ。

今からこんなに取り乱していてはいけない。琉生は逸《はや》る気持ちを少しでも落ちつけようと目を閉じる。

しかし、そこに映りこんだのは、嬉しそうにはにかむ美涼の笑顔。彼女が、琉生の心に辛い現実を突きつけた、あの日の光景。

『なによ、美涼。黒ビールなんて誰に飲ませてもらったのよ。白状しろ、こら』

千明にからかわれて笑う美涼。恥ずかしそうに、……嬉しそうに。

『内緒っ』

『あーっ、あやしいぞー。なにそれー』

美涼はそれ以上詳しいことを口にはしなかった。しかし、言わずとも恋人の存在を漂わせていることは、こっそりと見ていただけの琉生にもわかったのだ。

――ショックだった。美涼には、恋人がいる……。

琉生は息を詰める。動揺に速まる鼓動で自分の身体が壊れてしまいそうだと感じながらも、目は美涼の姿を追い続けた。

そして、自信が持てず、告白する勇気を出せなかった自分を、哀《あわ》れんだ――。

手で覆っていた唇を強く結び、琉生は奥歯を噛みしめる。瞼を開け、枕の下に隠した物を表に出した。

「もう……隠す必要なんて、ないよな……」

ゆるめていたネクタイを解き、バスルームの方向へ目を向ける。

自分に自信を持って生きている。美涼に言った言葉は、嘘でもふざけたものでも、かっこつけだけのものでもない。

自分に自信を持とう。

――琉生は、あのときそう決めた。

もう二度と、後悔をしないために……。

＊　＊　＊

入っていかないとは言ったが、あまり信用はしていなかった。

しれっとして、「一緒にはいろー」とバスルームへ入って来るのではないかと思っていたのだ。

しかし予想外に、琉生が入ってくることはなかった。

（本当にお湯をかけられるとでも思ってた？）

素肌にタオル一枚を巻き、バスルームを出る。琉生はどこにいるかと思えば、ベッドの端に腰かけているのが目に入った。

「いいよ。出たから、君も……」

歩きながら話しかけた美涼の言葉は途中で止まる。顔を向けた琉生の表情が、とても真面目なものだったのだ。

その顔を見つめながら近づくと、腕を掴まれた。

「……おかえり……。美涼さん……」

「あ……、入っておいでよ……。気持ちよかったよ」

「うん」

返事をする琉生に腕を引っ張られ、美涼はベッドに倒れこみそうになる。バランスを崩した彼女の身体は、そのまま彼の腕の中に抱きとめられた。

「美涼さん……あったかい……」

「お、お風呂に入ったばかりだし……。ほら、堂嶋君も綺麗にしておいで」

「うん」

またもや素直な返事をするが、琉生が動く気配はない。それどころかより一層、美涼を強く抱きしめた。

シャワーを使う時間を我慢できないくらい興奮しているのだろうか。それにしては、昂《たかぶ》りのあまり急《せ》いている様子は見えない。琉生はただ、包みこむように美涼を抱きしめている。

戸惑いを感じ始めたとき、彼の唇が迫ってきた。キスをしたまま、美涼の身体はベッドに横たえられる。

このままなだれこむつもりなのだろうか。琉生はシャワーも浴びていないのに。堪《こら》え性《しょう》のないことだ。これだから年下は。

――そう、馬鹿にすることだってできたのに……。

「……美涼さん……」

囁く声が甘い。触れる唇が、とろけてしまいそうなほど熱い。

閉じかかった視界の端に、枕元に放置された避妊具が映りこむ。

美涼はされるがまま、不思議と、抵抗する気が起きなかった。それは、意外にも優しく美涼の唇をまた強く吸いついてくるかと思っていた琉生の唇。それは、意外にも優しく美涼の唇をついばむ。

唇の表面に与えられる刺激は、くすぐったさから次第にじれったさへと変わっていった。シャワーを浴びるのももどかしく、押し倒してきたくらいだ。落ち着きのない、自分の欲望のままにコトを進めようとする、我が儘な男の姿を見せるだろう。そう思っていたのに、この落ち着き具合はなんだろう。

美涼の身体に回されていた腕が離れる。次は当然、タオルを外されると思っていた。しかし琉生は、両肘をついて美涼の頭に手を添え、髪を掻き上げる。ゆっくり何度も繰り返されると、まるで頭を撫でられているかのようで照れくさい。

「……舌、出して……」

唇の上で漏らされる吐息が、じれったい気分を煽る。

薄く開いた唇のあいだから、ちろりと舌を覗かせる。絡めとられることを前提に構えていたそれは、側面を舌先でなぞられるという予想外の刺激を与えられた。

驚いて舌を引く。思わず薄目を開けると、同じく半眼になった琉生の双眸が、ふわりと笑んだ。

「……感じた？」

「また、そんなこと言って……」

「さっきも舌で感じたでしょ？」

「驚いただけだってばっ」

なにがなんでも感じたことにしたいのだろうか。感じたことにして優位に立っておこう、そんな考えがあるのかもしれない。

深読みをする美涼は、琉生の腰を両手でパンッと叩く。

「そんなもので感じるわけがないでしょう。自信持ちすぎっ」

「キスって、感じない？　気持ちいいでしょ？」

「気持ちいい……とか思うことはあっても、感じる、まではないでしょう？」

「感じたことない？　さっき感じてたよね。普通、感じるでしょ」

「だーかーらっ、自信持ちすぎだってばっ。そこまでのものでもないでしょう、普通」

「ふうん……」

琉生はどうも納得がいってないようだ。少し顔を離して小さく首をかしげるが、すぐににやりと笑う。

「わかりましたよー」

口調はふざけているが、これは認めたということだろうか。

それならそれでいい。年下だからといって、なんでもはいはい聞いてもらえると思ったら大間違いだ。

（だいたい、気持ちがいいかよくないか、なんて、人それぞれでしょう。なんでも自分と

同じだと思われても困る)

そう考えて、ふと気づく。

だとすれば琉生は、美涼とキスをして感じたということなのだろうか。

「認めないなら、わからせてあげますよ」

「……は……?」

いつもどおりの軽薄な笑みが消えたとき、いきなり顎を摑まれる。摑んだ、というよりは押さえつけたという力の入りかた。

驚いて目を見開き、文句を言おうとした口が開きかかる。しかしそれは、言葉を発する前に琉生の唇でふさがれた。

「んっ……!」

戸惑う間もないまま舌をさらわれ強く吸いつかれる。思わず喉が呻いた。

今までで一番激しいキスだった。部屋へ入ったばかりのときも少し濃厚なキスをされたが、その比ではない。

美涼が反応する隙はまったくなかった。琉生の口腔へ引きこまれた舌は、そのままくちゃくちゃとしゃぶられる。

最初は舌を引き戻そうとしたが、強く吸いつかれているうちに痺れてきた。力が入らず抵抗することができない。結局は彼のなすがままだ。

「んっ……ン……」

激しさに自然と身が縮んでいく。肩をすくめた状態だとさらに息苦しくなり、喉が辛そうに呻く。琉生もそれに気づいたのだろうか。押さえつけていた顎を、逆に仰がせてきた。喉が伸びて呼吸がしやすくはなるが、顔を上げたぶん、彼が唇を押しつける力は強くなる。

痺れたまま自分の意思で動かせない舌は、琉生の口腔で好きなようにもてあそばれ、唾液までも吸い取られ混ざりあう。

舌どころか唇にも力が入らない。隙間なく合わさるふたりの唇から溢れた唾液が、唇の端からこぼれおちていった。

さっき威勢よく彼の腰を叩いた手は、今はその場でシャツを握りしめている。また叩くなりシャツを引っ張るなり抵抗の意思を示せばいいのに、それをしようとする意識がそこまで届かない。

すると、顎を押さえていた手が離れ、美涼の太腿へ下りていく。タオルの上から腰のラインをまさぐり、琉生の片膝が両足のあいだを割った。

……キスからいきなり下半身にくるとは……。わかりやすい男である。

せっかちすぎて苦笑いをしたい気分になった。何日イイ思いをしていないのかは知らないが、『これだから年下は』と言わせる要因を自ら作っているようなものだ。

美涼は琉生の手を感じながら少し呆れたが、その手が足の付け根をなぞり恥丘を覆った瞬間、ついピクリと両足を震わせてしまった。

なんとなくそれをごまかすつもりで、わずかに両膝を立てる。

これからすることを理解しているのに、秘部に相手の手を感じて驚いてしまうほど初心ではない。恥ずかしかったから震えたのでもない。

――焦ったのだ……。

琉生の唇がゆっくりと離れていく。唾液がつうっと糸を引くものの、キスの余韻で力が抜けていて拭うこともできない。

解放された口で大きく息を吸いこむ。しかし、その息は吐き出す前に止まった。

苦笑いをする琉生が、「しょうがないなあ」とでも言いたげに美涼を見つめている。

「……あっ……」

思わず小さな動揺が漏れた。秘部にあてられた琉生の手が、くにくにっと柔らかな丘を揉み、中指が縦線のあいだを沈んでいく。

とてもスムーズに潜りこんでいった彼の指は、その場で縦横に動き始めた。

「美涼さんのウソツキ」

「な……に、がっ……」

「キスじゃ感じないって言ってたでしょ。じゃあ、なんでこんなに濡れてんのさ。俺、キスしかしてないだろ」

「やっ、バカっ……やめっ……」

「ほら、ぐッちょぐちょだよ。……予想以上だ……うーわっ」

「う、うーわ、……とか言わなっ……バっ……あ、ヤダっ……やっ……」

琉生の指は、花芯を大きく擦り回し、秘唇に零れていた蜜を塗り広げる。滑りがいいぶん刺激は全体へ広がり、だんだんと腰の奥が疼いてきた。

「感じたんでしょう？　認めてよ。……ねぇ」

「ちょっ……、や……ンッ、あっ……」

「ほら。認めたら、もっとココいじってあげるから」

「ふざけな……ぃで、……ぁ、ぁっ……」

琉生の指は蜜口の上をさすっている。入口や周辺に刺激を与えられると、中のほうから疼きが広がっていくのがわかった。

文句を言いたいのに、こらえきれず漏れる喘ぎに負ける。そんな美涼の唇に、チュッと琉生の唇が落ちた。

不意打ちでやってきた、妙にかわいらしいキス。目をぱちくりとさせて彼を見ると、照れくさそうな笑顔が飛びこんできた。

「俺のキスで感じてくれたんなら、ちょっと嬉しいなーって思って」

その顔が本当に嬉しそうで、美涼は胸が苦しくなる。

――咄嗟に、かわいいと、思ってしまった……。

琉生の指が止まる。ふたりは視線を絡めたまま、しばし見つめあった。

根負けしたのは……、やはり美涼のほう。彼女は視線だけを横にそらし、ポツリと口にする。

「か……感じた、わよ……」

決して、図ったような琉生の笑顔にほだされたわけではない。

確かにキスをされていたときは、舌だけではなく身体の力も抜けた。全身に微電流が走っているような感じがして、両足の根元がじれったくなったのを覚えている。

キスをして、あんな反応を起こしたのは初めてだ。

すると、蜜口で止まっていた指が、ぬぷりと泥濘《ぬかるみ》の中へ入ってきた。

「はい。正直によく言えました。えらい、えらい」

年上に向かって。からかうにもほどがある。

文句を言おうとしたが、琉生の指がそれをさせない。彼は手首を大きくひねり、深く挿しこんだ指の腹で美涼の膣壁を刺激した。

「あっ！　ちょっ……やぁ……あっ……！」

「ねえ？　キスでも感じるでしょ？　凄いなぁ、こんなにグチャグチャいうほど感じてくれたんだ……。美涼さん……」

「や……やめ……あっ、ぁあっ……」

「キスで感じるはずがないって言ってたのにねぇ……。すぐに突っこめそうだよ……」

「ば、バカっ……この即物男っ……。あっ、やっ……、指……取って……あぁっ！」

「やぁだっ」

下半身がビリビリと痺れる。中を擦る指は右へ左へ場所を変え、上壁をえぐって彼女の反応が一番大きくなるポイントを探しているかのようだ。

「やぁ……やぁだ……、堂……嶋、くっ……」

強い刺激に腰が跳ねる。琉生が言うとおり、彼はキスをしていただけ。他の愛撫をされたわけでもないのに、全身が痺れてくる。

彼の腰のあたりで握っているシャツを引っ張り回し、もどかしさを伝える。クスリと笑った琉生が、美涼の額にキスをした。

「美涼さん、ほんと、かーわいーいっ」

「からか……わ、なぁっ……。ぁ、やぁんっ……、も、ぉっ……！」

「キスで感じた初めての男が俺だって思うと、よけいにかわいい」

「こっ……こらぁっ……、あぁっ……あっ！」

このまま中を擦られ続けたら、きっと軽く達してしまう。指でイかされなどしたら、琉生は今まで以上に調子づくだろう。

――しかし、年下のくせにだのなんだの考える前に、気持ちがいいのは確かなのだった。

「……こんなにかわいい美涼さん、シャワーも浴びないままいただいちゃったら、もったいないよねぇ……」

額から目尻に。そして耳元で琉生が囁く。そのセリフを言い終わるか終らないかのうちに、いきなり指が抜かれた。

半分浮きかかっていた腰が落ちる。いきなり訪れた解放感に、手の力まで抜け琉生のシャツから手が離れた。

美涼から離れ、琉生はベッドから下りる。

「急いでシャワー浴びてくるから、いい子にして待っててくださいね」

そう言い残し、鼻歌交じりにバスルームへと歩いていくうしろ姿を、美涼は戸惑いながら見送った。

はだけそうになっているタオルを胸でギュッと押さえる。

意地を張らなければ、言えたかもしれない……。

——シャワーなんていいから……やめないで、と……。

「鬼か……、あいつは……」

乱れる息を整えながら、美涼はぽつりと呟く。

本当に、軽くイってしまう一歩手前だった。

指なんかでイかされては琉生を調子づかせるだけだとわかっていても、そんなことはどうでもいい、このまま続けてほしい。——美涼の身体は、きっとそんな反応をしていたと思う。

琉生もおそらく、それには気づいていただろう。それなのに……。

「いたぶって喜ぶタイプ……？」

身体に巻いたタオルを胸で押さえたまま、ころりと横向きになる。閉じた足の中央が、残っている琉生の指の感触にじんじんと痺れていた。

ふと思いだすのは、昨日、資料室での光景。

自分に絡みつく女性を、まるで目の前でパタパタとうるさい蛾《が》を追い払うがごとく突き放した彼。

普段、少しチャラいが性格が悪いとは思ったことがなかった。だとすれば、これは琉生の性癖なのか。

（女を苛《いじ》めて喜ぶ……変態……）

自分で考えておいて笑いがこみ上げる。そうして琉生を心の中で蔑みながらも、脳裏に焼きついた表情が美涼を惑わせた。

――俺のキスで感じてくれたんなら、ちょっと嬉しいなーって思って。

……驚くほど嬉しそうなその顔は、ホッとしているようにも見えた。

あれが琉生の本音なら、普段の彼とは印象が違いすぎる。

（それとも、エッチのときだけああいったかわいいタイプになるとか？）

色々考えてみるが、悩んでみたところでわからない。

今まで、ときどき話をする程度の先輩後輩の関係でしかなかったのだ。琉生の本質がどんなものであるかなど、ましてや身体を重ねる際に見せる顔など見当もつかない。

考えるのはやめよう。諦めることにして軽く息を吐く。

バスルームに琉生が入っていって、それほど時間はたっていない。彼はまだしばらく戻ってはこないだろう。

乱れているバスタオルを巻き直そうと上半身を起こす。ベッドの端に座って足を下ろしたとき、慌ただしくバスルームのドアが開いた。

「美涼さん！　お待たせっ！」

見るからに身体も満足に拭いていない琉生が飛び出してくる。一応タオルは持っているが、速足で歩き始めてから腰に巻きだしたので、危うく彼自身が見えてしまうところだった。

入浴に時間をかけない男性の話はよく聞く。しかしちょっと早すぎないだろうか。カラスの行水とはこのことか。

琉生のような男なら、かっこつけて入浴に時間をかけ、隅々まで洗ってくるタイプかと思っていた。

「は、早かったね……」

巻き直すこともできなかったタオルを、改めて胸のところで留め直す。すると、なぜが不安そうな顔をした琉生が美涼の両肩に手を置いた。

「み、美涼さんっ、どこ行くのっ」

「え？　どこって……」

「なんで起きあがってんの。いい子にして待っててくださいねって言ったのに」

「タ、タオルを巻き直そうと思っただけだけど？」

「タオル……？」

美涼は小首をかしげる。琉生は、いったいなにを慌てているのだろう。

目をぱちくりとさせて彼女を見ていた琉生は、ハアッと大きく安堵《あんど》の息を吐き、脱力したように頭を下げた。

「……よかった……、どっかに行くつもりかと思った……」

「どっか、って……」

「俺が風呂に入ってるうちに、『やっぱり、やーめた』とか言って帰るんじゃないかって思って」

美涼はなにかを言おうと口を開くが、言葉が出てこない。

と、いうことは、琉生が身体を拭く時間も惜しんで早くバスルームから出てきたのは、彼が入浴中に美涼が部屋から出ていってしまうのではないかと心配したからということなのだろうか。

ベッドに腰掛ける美涼を見て慌てたのは、彼女が帰り支度を始めようとしているとでも思ったというところか。

（そんな心配しなくても……）

いくらなんでも気にしすぎだ。ここまでついてきておきながら。あそこまでさせておきながら。それでも相手がシャワーを浴びている隙に帰ってしまうような薄情な女だと思われているのだろうか。

いささか不満に思っていると、琉生がそろりと顔を上げ、にこりとはにかんだ。

「よかった……。美涼さん、いてくれて」

——この表情は、反則だ。

またしてもドキリと高鳴る胸。すかさずキュッと鷲掴みにされた気分だ。

連続して琉生の隠れたかわいらしさを感じて、なんとなく顔が緩みそうになる。

しかし、そんな戸惑いを感じている自分を悟られるのもきまりが悪い。美涼は視線を横にそらして、わざと少し怒った声を出した。

「ちょ……ちょっと帰ろうかとも思ったかな……。女をあんな状態にしたまま放置する男とか、最悪だし……」

「ん……。でも、恥ずかしくてさ」

「恥ずかしいって、それは私のセリフじゃない」

「いや、あのさ……」

不服を言う美涼に困った顔で笑うと、琉生は照れくさそうに視線を外す。

「……美涼さんと同じで……、やばいくらい濡れちゃってさ……」

「は？」

「すっげー恥ずかしいほど興奮して……、もう、ズボンまで染みてくるかと……」

「わかった！　全部言わなくていい！」

琉生が言いたいことを悟り、美涼は彼の説明を止める。再び目が合い、琉生は言葉を続けた。

「だからさ、恥ずかしいだろ？　ガンガン攻めていってるふうなのに、俺がそんな状態になってるのなんて見られたら。……だから、美涼さんに気づかれないうちにバスルームに逃げこむしかなかったわけ」

　琉生がさっさと背を向けてバスルームに引っこんでしまった理由がわかった。

　もしもそこまで興奮した状態になっていなかったら、彼はあのままコトに及んでいたのだろうか。

　琉生が美涼を放置したのは、意地悪をして嬉しいからではない。

　──照れ隠しだ。

　身体が我慢できなくなりかかっていたという意味では、男として、琉生のほうが恥ずかしいだろう。

（なんなのよ……もう……）

　しかし、それ以上に美涼のほうが照れくさい。

　つまりそれだけ、彼は美涼に触れて、感じ、興奮したということなのだ。

「ば、馬鹿なんだから……。そんなこと、恥ずかしがらなくたっていいじゃない……」

「だって。かっこつけたいでしょ？　美涼さんに、余裕なくてかっこ悪いとこ見せたくないし」

「年下だからって、無理しなくていいのにっ」

琉生は無理をしているわけじゃない。

心からそう思ってくれている。美涼に、かっこ悪いところは見せたくないと。それが、言葉と表情から汲み取ることができる。

その気持ちを受け入れることに戸惑い、照れてしまっているのは美涼のほう。

わかっている。でも、美涼は、こんな自分をどうしたらいいかわからない。照れくささは増すばかりだ。

戸惑う気持ちは、意地を張ることでしか逃げ道を見つけられない。

美涼は琉生から視線を外すと、彼が腰に巻いているタオルに手をかけた。

「せっかくイイ感じになってたんでしょう？　落ち着いちゃったんじゃないの？」

「え……、み、美涼さん……？」

彼女のいきなりの行動に、琉生は一瞬慌てる。彼が美涼の肩から手を離すのと、美涼が彼の腰からタオルを落とすのとが同時だった。

カウパー腺液を垂らすほどの元気はなくなっているものの、それなりに復活しかかった彼自身が目の前に現れる。

チャラ男にしては頼り甲斐《がい》がありそうじゃないのと心の中で強がり、美涼はそれを両手で包んだ。

「美涼さん……」

彼女がやろうとしていることに、琉生は少々戸惑っているようだ。彼が驚いているという事実にわずかな優越感《ゆうえつかん》を得ながら、美涼は傾けた先端を口に含んだ。

「みっ……」

ぴくりっと、手の中の彼が震える。琉生が感じたのだとわかり、ぞくりとした満足感が身体に満ちた。

舌先で雁首に触れ、そのまま裏筋に沿ってゆっくり上下させる。琉生の熱がどんどん上がっていくのが、添えた手のひらから伝わってきた。

舌の動きはそのままに、片手で彼自身を軽く揉みながら根元へと進め、そこにあるマシュマロのような感触を手の中でやわやわと揉みこむ。

そうすると、琉生がなにかに耐えるように大きく息を吐く。彼の気持ちを代弁し、片手を添えている琉生自身は、摑んでいなくとも自立するほどに力強くなった。

硬く勃ち上がったそれを、わずかに手前へ倒しつつ先端を咥えこみ、吸いつきながら口に含んでいく。あまり倒しては琉生が苦しいかもしれないと感じるほど硬い。

口淫をしやすいよう腰を浮かそうとすると、それに気がついたらしい琉生が前屈みになり腰を下げてくれた。

座っている美涼にはちょうどよいが、この体勢は彼が辛いのでは。そう思ったとき、琉生の手が美涼のタオルを外す。はらりと落ちた布から形のよい隆起を描いたふくらみが零れると、すぐに彼の両手が添えられた。

両のふくらみを脇から持ち上げ、手の中で弾ませる。ふるふると揺らされているだけなのに、それだけで気持ちが昂った。

手のひらを添えたまま、琉生の親指が頂を擦る。くすぐったさにも似た疼きが走り、美涼は思わず上半身を引くが、それで彼の手が離れるはずもない。

与えられる刺激に触発されて、美涼の口淫も激しくなる。いったん口いっぱいに含んだ熱棒を、じゅるっと音をたてて吸いつきながら抜いていく。先端で唇を止め、雁首を歯で横に擦ってから、また中ほどまで含み舌でぐるりと舐め回した。

「美涼さ……、ヤバっ……」

苦笑まじりの呟きが聞こえる。美涼の口淫がやばいのか、それとも琉生が我慢できなくてまずいのか、それはわからない。ただその直後から、乳房をさわる琉生の手つきが激しくなった。

擦られていた頂の突起が芯を持ってきたのがわかる。それをつままれ、くにくにとこねられると、美涼の喉が「んっ……」と切ない呻きをあげた。

すると琉生が、美涼の頭に手を添え腰を引いていく。

「もういいよ……美涼さん。これ以上咥えられたら、デそうだ……」

口腔を満たしていた滾りが抜けていく。琉生の腹部を叩かんばかりに熱り《いき》勃ったそれが目に入り、自分が仕掛けたこととはいえ美涼は刹那恥ずかしくなった。

「美涼さん、積極的」

「なによ……。だから、イヤなら……」

「イヤなわけないじゃん」

中腰になった琉生の顔が迫り、美涼に身体に腕が回される。

「……すっげー、……嬉しいのに……」

くすぐったくなるような囁きと共に唇が重なり、そのまま、ふたりの身体がベッドに沈んだ。

「こっち……、ちゃんとさわってあげなくてごめんね」

楽しげに呟いた唇が、美涼の胸のふくらみに寄せられる。

彼女に軽く身体を重ねた琉生は、片方のふくらみを手で中央に寄せながら、もう片方の頂に吸いついた。

「んっ……、あ……」

指でいじられ芯を持ち始めていた突起が、ちゅうっと吸い上げられる。

そのままちゅるちゅるとしゃぶられ、もう片方の突起はふくらみを寄せていた手の指でつまみ上げられた。

「ハァ……、ぁっ、や……ぁ、んっ……」

自然と両手が琉生に回る。片手は彼の頭に、もう片方はふくらみを掴む彼の手に添えられた。

「んー？　なんですかー？　こっちもしてほしいんですか？」

すると、わざとか本気か、美涼の動きを悟ったふうの琉生が、寄せていた反対側の乳首に吸いつく。同じように口の中でしゃぶり、きゅっと甘噛みをした。

「あっ、やぁ……あっ、噛ま、なぁ……んっ」

「すいませーん。だって、噛んでほしそうだったから……。あっ、こっちも……」

言い訳をして、またもや反対側に移り甘噛みをする。美涼は喉を鳴らし、彼の頭をポンッと叩いた。

「噛まないでってばぁ……」

「だって、すっごく勃ってるからさぁ。いじってほしくて堪んないんだなって思うじゃないですか」

「もっ……なに……」

おかしなことを言うなと怒ってやろうとするが、琉生が立て続けに乳首を舐め上げてくるので反抗ができない。

愛撫を受け入れやすくなっているそれは、彼の思いどおりとばかりに尖り勃っていた。

「あ……ぃやぁ……、やぁん……」

感じるままに零れる声を止めようともせず、美涼は琉生の髪を掻き混ぜる。

改めて、どれだけ急いでバスルームを出てきたのだろうと思う。彼の髪はさほど濡れもせず、整髪料らしき香りが漂ってくるだけだ。

美涼がどこかへ行ってしまうのではないかと心配をしていたという話を思いだし、快感の高まりに乗じて体温も上がった。

片方は唇で、もう片方は指で。楽しむように硬くしこった突起が弾かれる。舌先や指先で押し潰しては、歯や爪でやんわりと掻かれた。

「やっ……あ、堂……嶋くっ……、あぁっ」

片方の乳首をつまんだまま、琉生の頭が下がっていく。両足を開かれ、彼がなにをしようとしているのかを察した美涼は、素直に膝を立てた。

「よかった……、ぐちゃぐちゃなままだ……」

琉生はシャワーで少々落ち着いてしまっていたが、美涼は特に愛液を拭き取ったわけではなかったので、足のあいだにできていた泥濘はそのままだ。

濡れていることは自覚できていたが、さっきの胸への愛撫でさらに潤ってしまったような気がしていた。

琉生は、そんなぬめりの中へ、ためらうことなく顔を埋め、唇をあてる。

「もっと、ぐっちゃぐちゃに垂れるくらい、ここ、泣かせてあげる」

「ばっ……！」

言葉のたとえが恥ずかしいくらい卑猥《ひわい》だ。その気はなくとも反抗しそうになる。

だが、美涼のそんな言葉が出る前に、秘芽の上をぬるりと琉生の舌が這った。

「あっ……あぁ……やっ……！」

強い刺激が襲い、美涼を硬直させる。

ダイレクトな快感を生み出す場所を舌先で嬲《なぶ》られ、舐め上げられ、ときに唇で吸いつかれて、美涼はただ腰を跳ねさせて戦慄いた。

「やっ、……あぁっ……ダメぇ……あぅンッ！」

琉生の頭に置いていた手に力が入る。つい強く彼の髪を摑んでしまい、痛かったのではないかと感じて手を離した。

するると、琉生も唇を離し、クスリと笑う。

「美涼さん……、ぐっちょぐっちょ……」

「そ……そういう言いかた……」

「だって、ほんとだもーん」

ちょっとおどけた口調で琉生が伸び上がる。枕の横に手を伸ばし、散らばっていた避妊具を取ったのがわかった。

「すっげーエロっぽくて、……見てるだけでイきそう。俺」

「バカなこといって……」

「やだなぁ、ほんとだよ」

片方の指で避妊具の包みをくるりと回し、上手く唇に挟んで封を切る。

その一連の動作があまりにも自然にきまっていて、チャラ男は遊び慣れてるねとからかいたくなった。

しかしそんな冷やかしを口にする前に、制御弾が落とされる。

「美涼さんが、こんなになるくらい感じてくれて嬉しいし」

ちょっとはにかんだ笑顔。

——さっきから、これは反則だ。

「俺が美涼さんを感じさせてるんだって思ったら、よけいに滾るしさ」

準備のため、やっと胸から琉生の手が離れる。その途端、いじられることに慣れていた突起が急にじくじくと熱を持ち始め、美涼は肩をすくめて胸を寄せた。

「焦れてるの？　かわいい」

琉生の言葉に恥ずかしくなる。歯痒いのは間違いではないが、いくら強気に出ても、こういった場面でさわってほしいと口にできるほどの積極性は持っていない。

「大丈夫ですよ。こっちだけに、集中させてあげますから」

内腿を押し広げ、琉生の腰が入りこんでくる。熱り勃つ滾りは、ためらうことなく美涼の中へ滑りこんできた。

「あっ……ああっ！」

挿入される快感が、一気に頭まで駆け抜ける。喉をのけ反らせ、美涼は嬌声を引き伸ばした。

「全部……挿れるからね……」

ずくずくと体内が埋められていくのがわかる。琉生の太腿が密着し、彼自身がすっかり収まると、美涼は腹部の奥を押さえつけられているような息苦しさと、意識が飛んでしまいそうな快感が全身を巡るのを感じた。

「堂嶋くっ……ああっ、……ふぁっ……やぁあっ……」

「美涼さん……」

琉生の腰に両手をあて、もう少し抜いてといわんばかりに力を入れる。しかし琉生にとっては、ただ腰を抱かれたくらいの感覚でしかないだろう。

最奥まで埋めこまれた状態で、ゆっくりとした律動が始まる。腰をひねられると彼自身が膣壁をえぐり。美涼は両足をシーツに擦り、宙に浮かせた。

「やっ……あっ、んんっ！」

「美涼さん……、気持ちいい……」

「やっ……やぁ……ンッ、ああっ、……オク……そこっ、あぁっ！」

「ここ？　奥のとこ？　気持ちいいの？　教えて、美涼さん」

「そこ……そ……こぉ……、やぁ……やぁだ……あぁんっ！」

「泣きそうな顔して……。かわいい……。どうしよう、抑えがきかないよ……」

わずかに引いた怒張が、勢いをつけて突き挿れられる。

全身の神経が飛んでしまうのではないかというくらいの刺激が走り、美涼は背を反らして短い嬌声をあげた。

彼女の頭を両手で押さえ、琉生は唇を重ねる。くちゃくちゃと唾液ごと口腔を貪り、興奮のまま腰を打ちつけた。

激しい抽送に両足が痺れてくる。シーツに下ろしているのも辛くなり、美涼は宙を蹴り絡るように琉生の腰へと巻きつけた。

唇は離れるが、琉生の視線は美涼から離れない。彼に見られているとわかっていても、美涼は快感に歪む顔をどうすることもできなかった。

「すっげー、いやらしい顔してる」

「やっ……バカっ、やぁぁ……」

「もっと、やーらしい顔してよ、美涼さん。……いや、させてあげる……」

大きな動きで突き挿れられる滾りが、速さを増していく。

淫路から広がる、甘い戦慄。意地を張ることも、強がることも、今の美涼にはできない。

彼女の身体は、琉生が与えてくる快感に翻弄されるだけだった。

「あぁ。やだぁ……、そんな……されたらっ……！」

「イク？　いいよ。何回でもイって」

琉生は喜悦の声を止められない美涼の唇をぺろりと舐め、男の欲望を滾らせた妖しい瞳で彼女を見つめる。

「……大っ嫌いな年下にイかされるのって……どういう気分？　こんなわけわかんないくらい乱されるのって、屈辱的？」

「なに言って……ああっ！　ダメっ……ダメぇっ……あぁっ……！」

「ダメ、じゃないでしょ？　イイ、でしょ？　もっとしてって言ってもいいんだよ？」

「バカっ……変なこと言わせ……あぁ……あっ！　いやぁっ……イ……くぅっ！」

「……言ってよ……。もっと、俺のこと、欲しがって……。……俺だけ……」

「堂嶋くっ……あぁ……ダメぇっ！」

どことなく、琉生の声が沈んだような気がした。

しかし、それを気にする間もなく、美涼は湧き上がってくる快感の波に耐えきれなくなる。

「ダメぇっ……も、ぅ……あぁぁっ……──！」

その瞬間、美涼の中で止まった琉生がピクリと震え、刹那苦しげな顔をする。

快感に溶けた瞳を絡ませながら、美涼は、琉生の目が一瞬泣きそうになったのを見たような気がした。

「──年下だけど……いいですか……」

琉生がなにかを囁いた声が耳に入る。

しかしその言葉は、美涼の頭が理解する前に、恍惚感の中へと溶けていった……。

第三章　年下はしつこいです！

こんな疲労感は、久しぶりのような気がする。

全身はけだるいのに、不快感はない。それどころか心身ともに軽くて、爽やかささえ感じるのだ。

寝不足の朝には苦みだけが口に残るコーヒーも、今朝は美味しい。

三時間しか寝ていないのに……。

憑《つ》き物でも落ちたかのような気持ちの晴れやかさ。それを感じながら、美涼はコーヒーをすすりハアッと息を吐く。

倉田家、朝のダイニングテーブルに着くのは美涼ひとり。

父はすでに出社し、母は庭へ、趣味の家庭菜園を眺めに行っている。弟と妹はまだ起きていない。

毎朝うるさいとしか思わない弟のチャラチャラした話し声が聞こえないのも、爽やかさに輪をかけているような気がした。

別に姉弟仲が悪いわけではない。素はそんなにチャラい男ではないのに、大学の女の子と電話で話しているときだけ、より口調が軽くなる。そんな変化が妙に気に障るのだ。

（女の子の前だからってかっこつけてるのかな……。チャラいとかかっこいいとか、なんか誤解してる？）

弟の涼輔のことを考えていたはずなのに、ふと琉生の姿が思い浮かぶ。一瞬にして顔が熱くなり、美涼はコーヒー片手に頬をパンパンと叩いた。

（人の頭の中に勝手に出てこないで！　このチャラ男！）

心の中で罵倒するも、頬の熱さはおさまらない。誰が見ているわけでもないのに、美涼はそれをごまかすためにコーヒーをあおる。

昨日琉生とホテルに行き、美涼が帰宅したのは午前三時。

彼は、午前も二時を過ぎるまで美涼に触れ続け、彼女を離さなかったのだ。

（サルみたい……って、こういうときに使う言葉なんだろうな……）

ちょっと馬鹿にした言葉を思い浮かべるのは、負け惜しみ。……いや、彼の性欲に振り回されて、それに溺れてしまったことへの照れ隠し。

自分が何度絶頂まで引っ張られたか覚えていない。というより、琉生がいつ達していたのかもわからない。

数回避妊具を替えた形跡があったので、彼が休みなく求めてきていたのだということはわかるのだが、なんというか精力的すぎる。

それでも、美涼は実家暮らしなので、泊りになってはまずいと考えてくれた点は気が利《き》いている。

もっとも帰宅したとき、当然だが家族はみんな寝ていた。

わざわざタクシーを待たせ、琉生が玄関先まで送ってくれたのだ。

『美涼さん、大丈夫？　ふらふらしてない？　休ませてあげられなくてごめん。……今度、ゆっくり、……ね？』

耳元で囁かれ、優しく肩を抱かれた。……なにも言い返せなかったのは、疲れていたし眠かったから。

――ではなく、本当は琉生のくれるその気持ちが心地よかったから。

（どうかしてる……）

美涼はコーヒーカップを手に持ったままテーブルに置き、片手でひたいを押さえる。

どうかしている。こんなことを思ってしまうなんて。おまけに、今考えれば琉生が言った「今度」とはなんだ。

今度、も、こんなことがあるという意味か。

（ゆっくり……ってなによ……。あれ以上されたら、倒れちゃうわよ……）

そんなことを思ってしまった瞬間、足の付け根の奥がクッと引き攣る。思わず腰を引き、美涼はテーブルに突っ伏した。

――琉生と身体の関係を持ってしまったことを、後悔してはいない。……ただ、予想外すぎたのだ。

琉生の優しさも、激しさも……。

　真面目さも――。

「……大丈夫？　お姉ちゃん……」

　突然真横でかわいらしい声がして、美涼は慌てて身体を起こす。いつ起きてきたのか、そこには妹の美緒が心配そうに姉を覗き込む姿があった。

「具合悪いの？　熱ある？　少し顔が赤いみたい……」

「赤い……ううん、大丈夫。ごめんね、飲みすぎただけよ」

　心配させてはいけないという一心でそう言うと、美緒は一瞬キョトンとしてから、両手を腰にあてて少し怒ったように眉を寄せた。

「もうっ。平日なのに遅くまでお酒なんか飲んでくるからだよ。そういえば、何時に帰ってきたの？　あたし、十二時まで起きてたんだよ。そのときはまだ帰ってきてなかったから、一時とか二時なんでしょう？」

「アハハ、起きてたの？　ごめん、盛り上がっちゃって抜けられなかったのよ。仕事なんだし、許してっ」

「それぱっかりぃ」

　美緒はさらに怒ったように見えたが、すぐにクスリと笑い美涼のひたいに手のひらをあてた。

「お仕事じゃしようがないよね。でも、本当に飲みすぎには気をつけてね」

「うん。ごめんね」

仕事だ、つきあいだとごまかすあたり、なんとなく父が母にする言い訳のようだ。しかしそれを理解してくれる美緒は、物分かりがいい。

腕時計を確認した美涼は、残っていたコーヒーを一気にあおり、足元に置いていたショルダーバッグを手に立ち上がった。

「じゃあ行くね。お母さんに、美緒が起きたって声かけていってあげる」

「え？　もう？　いつもより早いよ」

「うん。今日は一本早い電車で行こうと思って」

「昨日もそうだったよね？」

「まあ、昨日と今日で理由は違うんだけどね」

昨日は単に早く目が覚めたから、というのが理由。今日は、永美が仕上げてあるはずの仕事を提出前に見てあげたいというのが理由だった。

琉生に頼まれたから、というわけではない。後輩の面倒を見てやりたいだけだ。……美涼は、そう自分に言い聞かせる。

「ねぇ、お姉ちゃん……」

持っていたコーヒーカップをシンクへ運び、バッグのストラップを肩にかけ直したとき、美緒がおそるおそる声をかけてきた。

美涼は振り返り「ん？」と続きを促す。どこか戸惑う様子を見せてから、美緒が口を開いた。

「あの……昨日……、会社の人と飲んでたんだよね？」

「そうだけど？」

「……お、お友だちの人？　一緒によく遊びに行く、遠藤さん……」

「千明じゃなくて、後輩。仕事のこととか色々、話しこんでいるうちに遅くなったの」

「あ……ふたりでお酒飲んでたの？　他には……」

「――どうしたの？　美緒」

美涼は首をかしげる。誰と飲みに行っていたのかを聞きたいのだろうが、こんな怖々とした態度をとる必要はない。いつもの美緒なら、もっと明るく聞いてくるはずだ。

まるで、聞いてはいけないことを聞いていると言わんばかりではないか。

美緒も自分の聞きかたがおかしかったことに気づいたのだろう。ちょっと泣きそうな顔で視線をそらした。

なにかあったのだろうか。聞いてあげたいのは山々だったが、電車の時間もある。美涼は美緒の肩をポンッと叩き、手を上げながら歩き出した。

「帰ってきたら聞いてあげる。なにか話があるんでしょう？」

「あ……、そういうんじゃ……」

「今日は遅くならないと思うから。じゃあ、行ってくるね」

「……いってらっしゃい」

美緒の見送りにしては小さな声を聞きながら、美涼は廊下へ出る。すると、ちょうど二階から涼輔がおりてきた。

「おはよーさん、不良姉貴。早いじゃん、もう行くのー？」

無駄に能天気な声を聞いてイラッとするものの、いつものことだと気を取り直す。直後、ハッと思い立ち、ピアスが付いた耳たぶをグイッと引っ張った。

「いーってててててっ！　痛ぇよ、暴力姉貴っ」

「耳引っ張られたくらいでうるさいっ。この、愚弟《ぐてい》っ」

「ひでぇっ、これでも姉貴が心配で朝の三時まで起きてたんだぜー」

それを聞いてドキッとし、手を離す。もしや琉生と一緒にタクシーを降りた場面を見られていたのでは……。

「帰ってこないからさ。電気消して寝ようとしたら、車がうちの前で停まった音がしたから、『あー、おれの大好きなおねーちゃんが帰ってきたぁ』ってホッとしてさ、安心して寝たんだぜ」

琉生を見られたわけではないようだ。話を聞いて美涼もホッとし、再び涼輔の耳たぶを引っ張った。

「いてーっ、痛ぇってばっ」

「なーにが『おねーちゃん』よっ。それより、ちょっと聞きたいんだけど」

「人にものを聞くのに、威張《いば》るなよ」

「涼輔、昨日、美緒をいじめたんじゃないでしょうね」

「なんだよそれ、いじめたのはおれじゃねーよ」

「おれじゃない……？」

美涼はパッと手を離す。涼輔は、なんのことかと聞き返してくることもなく、自分のせいではないと否定だけをした。ということは、美緒の様子がおかしい原因を知っているのだろうか。

「さっき、凄く元気がなかったのよ。原因知ってるの？」

「さっきじゃなくて、昨日の夜からずっとだよ。飯食ってから」

「あんたがしゃぶしゃぶの肉を横取りしすぎたんじゃないの？」

「おれ、どんだけいじめっ子のイメージなんだよっ。ちげーよっ。なんだかさ、ずっとスマホなんか眺めながら元気のない顔してたぜ。……電話、待ってるみたいだった」

「電話？」

「ちょっとからかって『彼氏かぁ？』なんて聞いたら、すっげぇ泣きそうな顔で睨まれてさ。それ以上なんにも聞けなかったな。……あんな顔した美緒なんて、初めてだったし」

「彼氏……」

美涼は眉を寄せる。彼氏、で思いつくのは国枝しかいないが、それにしても美緒の反応がおかしい。泣きそうな顔で睨んだというのも、らしくない。

「美緒に彼氏がいるっていうのも聞いたことないし、想像もつかないし。友だちと喧嘩でもしたんじゃねー?」

軽く言っているようだが、涼輔も気になっているようだ。表情がぎこちなく、口元の笑みを無理に作っているように思える。

一瞬美涼は黙ったが、ここで議論をしていても仕方がない。彼女はポンッと涼輔の肩を叩くと、「行ってくるね」と玄関へ向かった。

「いってらー」という軽い口調に見送られ、庭にいる母にひと声かけて家の門を出る。

なんとなくイヤな予感はするが、ひとまず美緒の件は後回しだ。

腕時計で時間を確認し、速足で歩き始める。すると、背後からいきなり車のクラクションが鳴らされた。

驚いて振り向くと、白いセダンがうしろにいる。住宅街の道路は、早朝ということもあって人通りも車通りも少ない。明らかに美涼に向かって合図をしたのだろうが、こんな車に見覚えはなかった。

車のことなどよくわからないが、大きくて立派な車だ。色を除けば一般人には縁のない方々が乗っていてもおかしくはない迫力。そう思ったとき、運転席が目に入り、美涼は目をみはった。

そこには、にこにこしながら手を振る琉生の姿があったのだ。

「ど……堂嶋君……」

フロントガラス越しに見える、ちょっと軽薄な笑顔。それは間違いなく琉生だ。

驚いて立ち止まった美涼を見て、ふと表情を変える。それが嬉しそうにはにかんだ笑顔に見え、美涼は不覚にもドキリとした。

するると、琉生が運転席の窓から顔を出したのだ。

「おっはよーございまーす。乗ってくださいよ美涼さん。仲良く一緒にイキましょー」

感じたばかりのドキリが冷めるほどの軽口。「行きましょう」と言うべきところのイントネーションが、明らかに違う。

思わず琉生に冷たい視線を送り、美涼は顔をそらして返事もせずに歩き出した。

「あ、あれ？　美涼さーん？」

彼女の態度に驚いたのか、琉生は慌てて車であとを追いはじめる。スタスタと歩く彼女を追い越さないスピードで走り、話しかけ続けた。

「遠慮しなくていいんですよー。乗ってくださいよー。電車より楽ですよー」

美涼は完全無視で歩き続ける。今朝、家の前まで送ってもらったのは間違いだったのかもしれない。どうやら家を覚えられてしまったようだ。

出てきた途端に現れたということは、待ち伏せをしていたのだろう。

「美涼さーん、今朝は一段と綺麗ですよー。お肌ツヤツヤっ。そんな色っぽい美涼さんが電車になんか乗ったら危ないですー。なにかあったらどうしようって想像したら、俺、心配で心配で、興奮しちゃうじゃないですかー」

朝っぱらから不埒な言動。美涼は睨みつけそうになるが、琉生が待ち伏せをしていたというところに引っ掛かり足を止めた。

(待ち伏せって……、いつから……)

彼女が考えこんでいるうちに、琉生は車を停め運転席から出てくる。素早く美涼に近寄り、背中に手をあてて助手席側へ促し、ドアを開けた。

「どうぞっ、美涼サンっ」

「……堂嶋君、いつからいたの?」

そう言っただけで、琉生には意味がわかったようだ。軽薄な笑顔を少しだけはにかませ、答えた。

「美涼さんが出てくる、一時間くらい前からかな」

美涼はかすかに目を見開き、琉生を凝視する。そうしているうちに上手く助手席に座らされ、ドアが閉められた。

すぐに琉生も運転席へ乗り込んできたが、なにを思ったのかいきなり美涼に覆いかぶさってきたのだ。

「ちょ、ちょちょちょっ、なにっ、こんな所でっ、ダメっ!」

すると彼は、何食わぬ顔で美涼のシートベルトを引きながら身体を離した。どうやら装着してくれようとしただけらしい。それを誤解して目を見開いている美涼と顔を見合わせ、琉生はにやりとした。

「なんか、期待しました?」

むかっとすると同時に頬が熱くなる。反射的に、留めてもらったばかりのベルトを外そうと手をかけた。

「降りるっ」

「冗談ですよー。やだなぁ、もぅっ。……なんて、半分は本気だったんだけど」

美涼がシートベルトを外す前に、琉生はアクセルを踏んだ。ブォンッと派手な排気音がし、それに驚いた彼女の身体が固まる。その隙に車は走りだした。

「い……一時間も前から待ってたとか……、馬鹿じゃないのっ。私がすぐ出てこなかったら、どうするつもりだったの。待ってるうちに車の中で寝ちゃって、気が付いたら遅刻寸前だった、とか。ありえるのに」

なんとなく琉生のペースに持っていかれているのが悔しくて、美涼はムキになって言葉を返す。

それに対して琉生の反撃はない。閉口したのかと一瞥《いちべつ》したが、彼は困るどころか前を見たまま微笑んでいた。

「——美涼さんは……疲れてたって寝不足だって、今日は絶対に早く出社するだろうって思ったんです。……沢田の仕事、今日の提出前に見てくれるって言っていたし。おそらく沢田が出社してくる前にチェックしてくれるつもりなんだろうなって」

美涼は息を呑んだ。まるで彼女の気持ちを読み取っていたかのように、琉生はすべて言い当てていく。

「美涼サンってー、そーいうカッコイイ先輩ですからねぇー」

せっかく真面目に話していたのに、彼は途中でいつもの軽薄さを出して言葉を繋いだ。

大嫌いな態度なのに、怒ることも睨むこともできない……。

琉生の態度が、なぜだか彼の照れ隠しのように見えてしまったのだ。

「……生意気」

ポツリと呟き、美涼は前を向く。琉生がクスリと笑ったように思ったが、彼の顔を見ることはできなかった。

「ねぇ、美涼さん、今日も誘っていいですか？」

「どうして？　飲みになら昨日行ったでしょ」

「だからー、今夜も行きましょうよ」

「やだ」

「はっきり言いすぎーぃ」

琉生がアハハと笑う。彼は、ただお酒を飲みに行きたいだけの理由で誘ったのだろうか。それとも……。

そんな深読みが、美涼の鼓動を大きくした。

「昨日だけじゃ足りないから、続きヤろー、とか思ったんですけどねーぇ」

「どんだけサルなのよっ!!」

深読みの内容をストレートに言われ、美涼は思わず琉生の腕をバンッと叩く。運転中でなければ足を蹴飛《けと》ばしてやりたいところだ。

美涼は何気なく足元に視線を落とし、ふと気がついて車内を見回した。

「ねぇ」

「はい？」

「堂嶋君、もしかして車に異常にお金かける系の男？」

「どうしてですか？」

「私、あんまり車のことはよくわかんないんだけど、これ、結構いい車なんじゃないの？　広いし、綺麗だし、なんていうか滲み出る高級感っていうか。いい車でございますって雰囲気が伝わってくるんだけど」

「イイ車ですよーっ。本体価格が一千万とか言ってたし」

「いっ……いっせんまっ……ってぇっ！　なっ、なに無駄な贅沢《ぜいたく》してんのよっ！　ま、まさか、車に夢中になりすぎて借金まみれ系の人なのっ⁉」

価格に驚くあまり、美涼はドア側にはりつく。そんな彼女とは反対に、琉生は軽く楽しげに笑った。

「なんですか、さっきからー。美涼さんの、その〝ナニ系〟の分類、おっかしーですよー」

「人の忠告は真面目に聞きなさいっ！　君ねぇ、人生やり直すなら今よ。テレビでもよく弁護士さんが『ご相談ください』ってやってるじゃないっ」

「やめてくださいよー。自慢だけど俺、今まで借金したことなんてないんですから」

「で、でも、車……」

「従兄《いとこ》にもらったんですよ。結婚した従兄が、子どもができて車を買い換えたんで」

「従兄……？」

なんとなくホッとする。少々慌てすぎていたことに気づいて恥ずかしくなった。

しかしこんな高級車をポンッとくれるとは、気前のよすぎる従兄だ。

「いつもは乗んないんですけどね。今朝は美涼さんを迎えに行くのに、かっこつけたかったんです。いっそいで車磨《みが》いて乗ってきたんですよ」

「なにそれ。一時間前から待ってたとか、車を磨いてたとか、君、寝る暇あったの？　なにやってるのよ。馬鹿みたい」

「馬鹿ですよー」

冗談口調で肯定し、信号で停まると琉生はにこりと微笑みを向ける。

「美涼さんのためなら、馬鹿でもアホでもなりますよ」

――本当に、馬鹿だ……。

そうやって心の中で琉生を貶し、美涼は自分の感情を抑えるしかない。

抑えていなければ……。なにか、違う感情が動いてしまいそうで……。

「……かっこつけてばっかり……。馬鹿みたい……」

「はい、馬鹿ですよ」

「大馬鹿」

「はい」

「迎えにまで来て……。しつこいよ」

「はい」

「しつこすぎ……」

「はい……だから……」

美涼の声はだんだんと小さくなっていく。最後に琉生がなにかを言ったようだが、ちょうど車が動き出し周囲の音も混じって聞こえなかった。

ふたりはそのまま無言になる。会社に到着するまでその状態は続き、美涼はなんともいえない気まずさを感じた。

なんにしろ、琉生は美涼を気遣って迎えに来てくれたのだ。そこに下心があろうとなかろうと、お礼は言っておいたほうがいいだろう。

会社に到着し、車は本社ビルの地下駐車場へ入っていく。利用者は各自に割り当てられた場所があり、琉生も入社のときから車での通勤なので、自分の駐車スペースを持っていた。

考えてみると、高級車をもらって凄いという思いはあれど、今まで持っていた車もあるのだから維持費が大変なのではないだろうか。

そんな余計な心配をしているうちに、車が所定の位置に停まった。

「あのさ、堂嶋君。迎えに来てくれてありがとう。早く着いたし、言っていたとおり電車より快適だった」

シートベルトを外しながら礼を言う。すると、琉生もシートベルトを外し、美涼の腕を摑んだ。

「そうでしょう？　快適だったでしょう？　って、わーけーでぇ、帰りも送りますねー」

「そっ、そこまでしなくていいっ。本当に送ってくれるのか怪しいところだしっ」

「あっ、どっかに連れ込まれるとか思ってる？　信用ないの？　俺」

「ないっ」

楽しそうにくすくす笑う琉生の手を振りほどくが、今度は両肩口を摑まれシートに押しつけられた。

「ちょっ……」

「美涼さん、俺、しつこいよ？」

口調が真面目になり、ドキリとする。直後琉生の顔が近づいてきて美涼は慌てて横を向くが、そのまま頰にチュウッとキスをされ驚いて前を向いた。

「隙あり」

その言葉と同時に、琉生の唇が今度は美涼の唇に重なる。

「……さっき言ったでしょ？　……今日も頑張れるお守り、もらいますよ……」

さっきとはなんだろう。もしかして、信号で車が出るときに聞き逃した言葉だろうか。

琉生の唇は、何度も付いたり離れたりを繰り返す。そのなかで、彼はぽつりと呟いた。

「……好きです……」

――美涼は、本当に動けなくなった……。


美緒の様子が気になる……。

永美がその後、仕事で国枝から文句をつけられていないかも気になる。

でも、それ以上に……。

――好きです……。

そう言った琉生の声と表情を思いだし、美涼の体温が上がる。

必要もないのに蛇口をひねり、せめてもの対策で冷たい水に両手をさらした。本当は熱く感じる顔にかけてしまいたいところだ。

営業一課がある九階のフロア。給湯室には美涼がひとり。課長の松宮が外出から戻ったのでコーヒーを淹れようとしていたのだが、カップをふたつ目の前にしたまま、美涼は動けないでいる。

今回、松宮に同行したのは琉生だった。一緒に戻ってきたということは、彼にも同じくコーヒーを出してやるべきだろう。そう考えるとつい意識してしまうのだ。

「どうして考えちゃうのよ……」

コーヒーひとつ淹れるのに琉生を意識してしまうようになるとは、どうかしている。本当に、どうかしているとしか言いようがない。

好きです、などという言葉を、彼はなんのつもりで使ったのだろう。

本気で口にしたのか。それともふざけただけなのか。

あのキスのあと、彼は美涼から黙って離れ、車を出て助手席のドアを開けてくれた。

『今日も仕事がんばりまーす。美涼さんに、チャラいだけの男だって言われたくないから』

口調は軽いが、言っていることは真面目だ。彼の本質がどちらにあるのかわからない。

美涼は戸惑いも半分に「生意気言ってんじゃないわよ」と琉生の背中をバンッと叩き、彼を追い越して先に会社へ入ったのだった。

年下の男なんて嫌い。生意気でチャラい男は問題外。――そう思っていたはずだったのに……。

「美涼さん、あっ、いたいたぁ」

元気のいい声に呼びかけられ、美涼はハッとする。ぼんやりしていたことを悟られまいと先走った身体が、今用意してたんですと言わんばかりにコーヒーカップを取ろうとするが、慌てるあまり指先にぶつかりテーブルの上で転がしてしまった。

それを急いで取り、振り向くと、笑顔満面の永美が駆け寄ってくる。美涼の横に立ち、嬉しそうに声を弾ませた。

「美涼さん、ありがとうございます。主任が褒めてくれました」

「え……、褒めて……」

「書類出して褒められたの初めてです。『よくできていた』って。美涼さんが指導してくれたおかげです。ありがとうございます」

「あ、ううん、そんな……。永美ちゃんの呑み込みがよかったんだよ。でも、上手いこといってよかったね」

「はいっ」

永美は本当に嬉しそうだ。こんなに明るい笑顔を見せてくれたのは久しぶりのような気がする。

仕事に慣れた先輩たちの中で、その助手的な仕事ばかりをやってきた彼女。一番の新人で嫌みのない性格であることから、先輩女性課員たちにはかわいがられている。

でも、ここしばらく明るい笑顔が見られなかった。それは、国枝の補佐に着かされてからだった。

そう考えると、美涼は胸が痛い。

「わからないところは気軽に聞いてくれていいからね。主任に聞くよりは、私のほうが聞きやすいでしょ」

人差し指を口元に立て、ちょっと声をひそめて冗談めかす。美涼の仕草に笑いを詰まらせ、永美は「はいっ」と嬉しそうな返事をした。

そしてひょこっと美涼の手元を覗き込み、そこにあるカップを指さす。

「美涼さん、コーヒー淹れるんですよね。手伝います」

「あ、うん。ありがとう」

「ふたつ……。じゃあ、課長と琉生君の分ですね。わぁ、美涼さんに淹れてもらえるなら、琉生君喜びますよ」

「……琉生君……？」

棚からコーヒーのドリップパックを用意し始めた永美を眺め、美涼は不思議そうな声を出す。

琉生と永美は同期だ。大学も同じだったとは聞いたが、「琉生君」とはずいぶんと親しげではないか。

考えてみれば、永美の指導を頼んできたのは琉生だった。

同期の辛そうな姿を見るに見かねて行動に出たと考えれば済むことだが、彼は引き継ぎもさせないで補佐の交代をした国枝に意見をし、上司の不満を買うことを承知で美涼を指名したのだ。

上司に逆らうという意味では、琉生にとってあまりいいことではないだろう。

彼がそこまでした理由は……。

「永美ちゃん……、もしかして、堂嶋君とつきあってるの？」

まさかとは思いつつ、なぜか不安になる気持ち半分に尋ねてみる。すると永美はキョトンとしたあとキャハハと笑いだした。

「誤解ですよ。同期で仲よくしてますけど、それはないです。……あたしの彼、他の会社にいるんですよ」

「そうなの？　……ずいぶんと親しそうだったから……」

「すみません。気がゆるむと、つい大学のときみたいに呼んじゃうんですよね。今でもなんとなく〝ルイ君〟みたいな軽いイメージはありますけど」

「軽い……。そうか、大学のときからあんな感じだったんだ？　みんなに親しげに呼ばれるような砕けた感じ？」

　永美からドリップパックをひとつ引き受け、それをセットしながら美涼は苦笑いをする。同じ動作をしていた永美が、途中で手を止め視線を上にして考えこんだ。

「んー、みんなに好かれて、みんなに優しい人だったけど、今の感じとは違いましたね」

「優しい……って、……まあ、女の子にだけでしょう？」

「いいえ。みんな、です。男の友だちも女の友だちもいっぱいいる人で、本当、みんなに優しいんです。なんていうのかな、よくいるじゃないですか、当たり障りがなくて害のない人。いわゆる〝いい人〟って」

「いい人？」

「はい。頭がよくて、面倒見がよくて、どんな相談にでものってくれる聞き上手な優しい人。目立つことはしないけど、そこにいてくれるだけで場の空気が和《なご》むっていうか落ち着ける雰囲気を作ってくれる人。琉生君って、そんな人でした。今は……、なんかちょっと派手でチャラチャラしてるところはありますけど……。でも、同期の悩みとか聞いてあげたり、聞き上手なのは変わってないかなって」

話を聞いているうちに美涼の手が止まる。わずかに目を見開き、永美を見た。

「今と同じで昔から綺麗な顔してる人だったから、女の子には人気ありましたよ。後輩には『王子様』なんて呼ばれてたり。でも、それをいいことに手を出したりするようなズルイ人でもなくて、変な話、恋の相談とかも女友だちにするみたいにできる人でした。実は、あたしも今の彼とつきあうときに背中を押してくれたのが琉生君だったんですよ」

「……チャラく、なかったの……？」

「ぜーんぜんっ。なんていうか、たとえるなら、いつも優しい保健室の先生、みたいな人でした」

美涼の手は完全に止まってしまった。驚いている彼女に気づかないまま、永美はコンロから小さなケトルを取ってふたつのカップにお湯を注ぎ始める。

「……入社して……、少したってからですよね……。今みたいになったの……。一ヶ月くらい……新人歓迎会のあとくらいだったのは覚えてるんですよね……。まあ、今の琉生君も結構似合ってる気がします。相変わらず優しいし」

目に映るのはカップに注がれていくお湯。感じるのは漂うコーヒーの香り。美涼は、そのどちらも意識することができない。彼女の思考は、琉生のことだけに集中した。

永美の話が、真実として頭に入ってこない。今の琉生と大学時代の琉生とでは、かなり違う。この差はなんだろう。

彼は、どうしてそんなに変わってしまったのだろう。なにが今の彼を作るきっかけになったのか……。

しかし昔の琉生を知ると、昨日からときおり感じる彼の真面目さや優しさが、妙に納得できるような気がした。

「主任の補佐みたいな仕事をするようになって、毎日怒られてばかりで、自分の仕事のできなさ加減がイヤでイヤで、物分かりの悪さが辛くてしょうがなかったんです。昨日も怒られたあと、会社を飛び出しちゃいたいくらい辛くて……。そうしたら琉生君が、美涼さんを説得するから待ってろ、って」

ケトルを置き、フィルターのお湯が落ちるのを眺めてから、永美はえへへと恥ずかしそうに笑って美涼を見た。

「琉生君が、主任を説得して本当に美涼さんを着けてくれたとき、びっくりしたんです。主任には、引き継ぎなんかは一切当てにしないで自分の仕事をしろって、再三きつく言われていたので……。実は、辞めようかって、本気で思いはじめてたんです。……ありがとうございます、美涼さん。あたし、もう少し頑張ってみます」

励ます意味を込めて、美涼は永美の背をポンポンッと叩く。

プライベートな件で国枝とトラブルになったとき、美涼は彼に、美緒のためにも自分にはもう一切かかわるなと言い渡した。

美涼が補佐を外れたのに引き継ぎの話がこなかったのは、国枝が自分の仕事にも美涼を関わらせないようにと考えたからだろう。

彼が約束を守ったのだと考えれば誠実ではあるが、そのおかげで永美はとばっちりをくったことになる。

国枝におかしな顔をされても、琉生に言われるまでもなく永美のサポートは続けよう。

そう心に決め、美涼はお湯が落ちたパックを捨てるためテーブルを離れた。

「あれ？　琉生君」

何気ない永美の声が聞こえた瞬間、ドキリとして足が止まる。振り向くと、給湯室の入り口に琉生が立っていて、永美の呼びかけに手を上げて応えていた。

「琉生君、美涼さんね、琉生君の分もちゃんとコーヒーを用意してくれていたんだよ。よかったね」

「マジでー？　うわぁ、すっごく嬉しいしっ。それ、飲まないで持って帰ろうかなぁ」

「あっ、でもごめん。淹れたの、あたしだ」

「ええーっ。……まあ、いいや。ありがとうな、沢田」

「どういたしまして」

にこりと笑った永美は、カップをひとつだけトレイにのせて美涼を見た。

「あたし、課長に持っていきますね。琉生君、美涼さんがコーヒーを用意しに行ったのを見て『俺のは無視なんだろうなぁ』って気にしてたんで、琉生君の分は美涼さんが持っていってあげてください」

「沢田ちゃーん、ひとこと余計ですよーっ。俺、すっげーヘタレに聞こえるー」

おどけて怒る琉生の言葉に、永美はキャハハと笑いながら給湯室を出ていく。

ふたりの会話を聞き、美涼は目を見開いてポカンとしてしまった。

もしや永美は、コーヒーの件を気にしていた琉生に気遣って、美涼の様子を見に来たのでは……。

もちろん、国枝に褒められたという礼を言いたいのもあったのだろうが、なんとなくメインは琉生のことであったような気がする。

そう思ってしまう理由は琉生の様子だ。彼は、おどけつつも「余計なこと言うなって……」と呟き、恥ずかしそうに頭を掻いているのである。

（な、なに照れてんのよ……）

こんな顔を見ると、美涼のほうが照れてしまう。彼女は手に持っていたパックをごみ箱に投げ入れ、トレイを取って琉生の分のカップをのせた。

「し、しょうがないから持っていってあげる。まったく、お疲れ様のコーヒーくらい、淹れるにきまってるでしょう。いくら後輩だからって……。私、どんだけ冷たい先輩だと思われてんのよっ」

「……思ってませんよ」

琉生がトレイにのったカップを取る。それを両手で持ち、嬉しそうに微笑んだ。

「うれしーですっ。〝俺のために〟美涼さんがカップを用意してくれてたんだと思うと。

俺、このカップ持って帰ろうかなぁ」

「こらっ、会社の備品だ」

一瞬彼の微笑みに見惚れそうになり、美涼はハッとしてトレイを差し出しながら強い口調で注意をした。

クスリと笑い、琉生がカップを戻す。ふたり並んで給湯室を出た。……そのとき。

「堂嶋君……」

なんとも切なそうな女性の声がかかる。ふたりが同時に向けた視線の先には、ひとりの女性が泣きそうな顔でこちらを見ている姿があった。

正確には琉生を見ているのだろう。赤系のルージュが目につく女性は、先日、資料室で彼といかがわしい行為に及ぼうとしていた女性だ。

「ちょっと、……いい？」

真横には美涼もいるのだが、彼女は琉生しか見ていない。

先日あれだけ冷たく突き放されて平手打ちまで見舞ったというのに、そんなことは忘れているかのようだ。

琉生はどうするのだろう。またあのときのように冷たく突き放すのだろうか。

チラリと視線を上げると、琉生は神妙な顔をしている。彼が視線を下げたので目が合うが、不自然に上がった口角が無理に笑おうとしているかのようで気まずい。

「ごめん、美涼さん、ちょっと、先に行ってて」

「あ……、うん」

美涼が歩き出す前に、琉生が女性に近づいていく。

彼女はすでに泣く寸前だ。なんとかそれに耐えていたのだろう、琉生が目の前に来ると顔を伏せて嗚咽を漏らした。

給湯室前の廊下だって少なからず人の通りがある。琉生は人目につかないよう、女性を促して給湯室の中へ入っていった。

声をひそめてはいるが、中からは「また会えるか」とか「今夜も夫が帰ってこないから……」などの話し声が聞こえる。

会話を聞いているうちに胸が痛くなった美涼は、その場から逃げるように立ち去った。

「美涼さーん、一緒に帰りましょー」

「やだっ」

「いーじゃないですかー。仲良くしましょうよぉ」

「いやっ」

「ちゃんと送りますって。ヘンな所に入ったりしませんからー」

「し、つ、こ、いっ」

言葉のひとつひとつを強調し、美涼はくるりと振り返る。真後ろには、琉生が鞄片手に立っていた。

「私は電車で帰るっ。だいたい、一緒に帰ろう一緒に帰ろうなんて、しつこいのっ。返事をしてない時点で悟りなさい」

「俺の大事な美涼さんが、電車になんか乗って変な目に遭ったらどうするんですかー。興奮するじゃないですかー」

「それ、朝も聞いた。ってか、〝俺の〟ってなによっ。所有物になった覚えはないからね」

「……なんか、朝より冷たい気がするんですけど……」

　琉生の言葉にドキリとするも、美涼は前を向いて歩きだす。

　定時後のエントランスは、社員や関係者の姿が多い。琉生と美涼が並んで歩いていようと目立ちはしないが、なんとなく人目が気になり美涼は早足で歩いた。

「そんなに冷たく突き放してー。実は違う男とデートとかじゃないでしょうね？」

「変なこと言わないでよっ。そんなわけあるはずがないでしょう」

「ホントですかぁ？」

「し、つ、こ、いっ。君じゃあるまいしっ。あっちこっちにイイ顔してデートの約束なんかしないいっ」

「なんですか、それー」

　歩調を合わせ、琉生は美涼の隣に立って歩く。彼に視線をくれることなく、彼女は歩き続けた。

「経理課の人妻とデートなんでしょうっ。今夜は旦那さんがいないとかいろいろ話してたじゃないの」

勢いで口から出てしまったが、これでは立ち聞きをしていましたと言わんばかりだ。そこまで言わなくてもよかったかと考えたとき、琉生に腕を掴まれ強く引かれた。

「え……ちょ……ちょっとっ」

そのまま琉生はスタスタと歩いていく。彼の力は強く、美涼が腕を振りほどくことも立ち止まることも許してはくれない。

駐車場に入った琉生は、有無を言わさず彼女を助手席へ乗せる。逃がさないようにするためか、すぐにシートベルトを引いて美涼を固定した。おまけにドアを閉めると素早く後部座席から乗り込み、鞄をそこに置いて美涼の肩を掴んだまま運転席へと回りこんできたのである。

「ど……どれだけ警戒してるのよっ」

「目ぇ離したら逃げるでしょ」

「に……逃げって……。しつっこいなぁ、もうっ！」

「俺、しつこいからって、朝言いましたよーだ」

シートベルトを引きながらエンジンをかけた琉生は、急ぐように駐車場を出る。ここまでされてしまったら観念するしかない。美涼はおとなしく送られようと決めた。

車は本社ビルの裏通りに入っていく。この時間帯、表通りは混雑するので渋滞を回避するためなのだろう。

そう思っていたのだが、彼はしばらく車を走らせ、途中に見えた公園の駐車場に車を停めた。

日中はそれなりに人の姿を見かけることもあるが、この時間になると人の気配はまったくない。おまけに駐車場は植え込みと建物の陰にあるため、奥の位置だと街灯の灯りさえも届かなかった。

こんな場所に入ってどうしたのだろう。そう思った直後、琉生がバンッとハンドルを叩き、そこを摑んだまま顔を伏せたのだ。

「駄目だ……」

苦しそうな声だった。もしや具合でも悪くなって、仕方なくここへ停まったのではないのだろうか。

心配になった美涼は、シートベルトを外し琉生の肩を軽くゆすった。

「ど、堂嶋君、どうしたの……。具合悪いの？　あの、だったら、無理に車の運転とかしないほうがいいよ。タクシーでも呼んでこようか。私、家までついていってあげるから、それで帰ろう……」

結局は一緒に帰ることになるが、そんなことを気にしている場合ではない。

琉生の具合が悪いということは、例の女性とした逢引の約束もなしになるのだろうか。

そんな余計な考えがチラリとよぎった。

すると琉生が自分のシートベルトを外し、肩に置かれた美涼の手を摑んだ。

「駄目だよ美涼さん。……堪んないよ、それ……」

「は？」

「美涼さん、もしかして、やきもち、焼いたんだよね……」

「……やきもち……」

「俺が……あの経理の波多野さんと会うんだって勘違いして……。だから、なんか朝より冷たいんだ」

「はぁっ⁉」

素っ頓狂な声をあげてしまったが、そう思われても仕方がないのかもしれない。

琉生が言うとおり、ふたりが今夜会うのではないかという疑いを持ってから、彼に対しておかしな苛立ちを感じていた。

美涼も自覚はあったが、琉生の前でそれを認めるのはイヤだ。彼女は身体をよじって否定した。

「な、なにが、やきもち、よっ！　自惚《うぬぼ》れんじゃないの。だいたい、なんで私がやきもちなんか焼かなくちゃならないのよ。あんたが誰といやらしいことしようが、私には関係ないから！」

「そのイライラが証拠じゃないですか。『デートなんでしょ』なんて拗《す》ねた顔見せて……わざとですか？　堪んなくなっちゃったじゃないですか」

「わけわかんないっ」

エントランスでいきなり強行な態度に出たのは、どうやら美涼の言動に琉生がなにかを感じたせいらしい。

確かに苛立った。

ふたりが会う約束をしているのかと胸が痛くなった。

なぜか悲しくなって、あんなに冷たく突き放していたはずの女性に、自分の目の前でいい顔をする琉生に腹が立った。

（……やきもち……？）

美涼はこの感情に戸惑う。嫉妬という感情を知らないわけではないが、自分が琉生の行動に対してやきもちを焼いているということを、事実として認められない。

（私が……？）

驚いて見開く目に、琉生の双眸が近づく。彼のまぶたが伏せられたことに気づいた次の瞬間、唇が重なった。

「堂嶋……く……」

「美涼さん……俺……」

軽く重なり言葉を発したあと、唇が強く吸われる。

言葉ごと吐息さえ奪い、琉生は身を大きく乗り出して美涼をシートに押し付け、リクライニングを最後まで倒した。

落ちるように身体が沈み、驚いた美涼は思わず琉生の身体にしがみつく。その仕草が嬉しかったらしく、琉生は顔の向きを変えて忙しなく彼女の唇を奪った。

「……我慢なんかできないですよ……。美涼さん……、かわいすぎ……」

助手席側に身体を移動させ、シートを奥までずらして空間を広くとる。美涼の膝を跨《また》ぐ形で座面に膝をつくと、琉生はスーツの上着を脱ぎ運転席へ投げた。

「ど、堂嶋く……ん……、なにすっ……」

「だからーぁ、堪んないんですよ……。そんなかわいい美涼さんを見せられたら……」

両手で美涼の膝を撫で上げ、そのままボディラインをなぞり胸で止める。やんわりとふくらみをひと揉みし、彼は美涼のスーツのボタンを外し始めた。

「ちょっ……、なんもしない、って……」

「なんもしないなんて言ってませんよー。変な所には入らないとは言ったけど」

「なにそれ、ズルイっ！」

反抗して起き上がろうとしたが、琉生が軽くのしかかってきて身体が起こせない。上着を広げたブラウスの上から胸のふくらみを揉みしだかれ、人差し指が執拗に頂を掻いた。

「ちょっ……や、だぁ……あっ……」

「ここでしょ？　硬くなってくると、ブラウスの上からでもわかるんだよ」

「やっ……、堂……嶋くっ……」

彼の指の下には、衣服を通して敏感な突起がある。まるで昨日の愛撫を思いだしたかのように、それは性急に疼きだした。

「やっ、だぁ……あっ……」

「……正直……」

クスリと笑った唇が喉に吸いつく。首筋で右へ左へと移動させ、琉生は美涼のブラウスのボタンを外して胸を暴いていった。

ブラジャーごと胸を寄せ上げ、鎖骨の下から大きく盛り上がる隆起を唇で弾く。布地の上から頂に吸いつき、カリカリと歯で掻いた。

「あっ……や、アンッ……」

布一枚通しているせいだろうか。強く歯をたてられているような気がするのに、布越しに触れられるじれったい疼きだけが上半身に広がっていく。

「ん……んっ、あっ」

もう片方の突起も指でつままれ、キュッとひねられる。そこが両方とも硬く尖り立ってしまっていることが自分でもわかった。

ブラジャーのストラップを肩から外し、カップを下げて乳房を零す。乳首に吸いつかれじゅくじゅくと吸い立てられると、腰の奥がビリビリ痺れ美涼は思わず腰を浮かせた。

「堂嶋く……ん、ダメ……こんな、所で……」

「だって、変な所に連れ込まない約束だし……。でも、俺、止まんないし……」

「だからって……。ここも充分変な所じゃ……ぁあっ、ンッ……」

「狭いけど、車の中って興奮するでしょう？」

「し、知らない……そんな……あっぁ……」

突起の周りを熱い舌がねっとりと舐め回し、頂に大きく吸いつく。口の中で舐められ、しゃぶられて、美涼は琉生の腕を両手で摑んで身体をうねらせた。

「や……やだぁ……アンッ……、恥ずかし……ぃ、ンッ」

「……美涼さん……、車の中でしたことないの？」

「す、するような所じゃないでしょうっ。こんなっ……ぁんっ……」

一瞬の沈黙が走る。顔を上げた琉生と薄闇の中で目が合うが、次の瞬間、彼は嬉しそうに笑った。

「美涼さんのハジメテ、もーらったっ」

ハジメテ、とは、ずいぶんと意味深な言いかただ。

これと似たようなことが昨日もあった気がする。

――キスで感じたのは初めてだと聞いて、琉生がとても嬉しそうにはしゃいだときも、こんな感じだった……。

「ハジメテが悪いと、そのまま嫌いになっちゃうことが多いからね。美涼さんが車の中でするのも嫌いにならないように、気持ちよーくしてあげますからねーぇ」

「なっ、なんなのよ、その理屈っ」

思わずぽかっと琉生の頭を叩いてしまう。彼はそんな反撃を歯牙にもかけず、ネクタイを引き緩め首元のボタンを外した。

「美涼さんって、気持ちいいとすっごくイイ顔してくれるし。そんな顔させてあげたいんだー。だーかーらー、しましょう、気持ちいいこと」

「き、昨日したでしょうっ。それはそれは、しつこいくらいに」

「足りない」

「サルっ」

「美涼さんに気持ちよくなってもらえるなら、サルでも大人のオモチャにでもなんにでもなりますよー」

「なんなの、それっ」

胸から徐々に下がっていく琉生の頭をぽかぽか叩くが、彼はアハハと笑いながら美涼の腹部を唇でたどる。両膝を落とし足元のスペースに身体を沈めて、パンプスを脱がせた美涼の足をシートに上げた。

そして、運転席に投げてあった自分の上着を彼女の腰の下に入れ、広げたのだ。

「なにやって……」

「美涼さん、べっちゃべちゃになるから、シーツ代わり」

「なによそれっ」

さっきから琉生のやることに驚かされ、疑問ばかりを口にしている。すると、スカートをまくり上げストッキングに手をかけた琉生が、ぽつりと呟いた。

「気持ちよくしてあげたいんだ……。美涼さんのこと」

ドキリと鼓動が大きく胸を叩く。気持ちが緩んでいたせいもあって、「腰を上げて」という指示に従ってしまった。

琉生はストッキングと一緒にショーツも腰から下ろしていく。片足を抜くと、もう片方の足にストッキングを残したまま、美涼の膝を左右に大きく開いた。

「ちょっ……あっ！」

言葉を出す間もなく、琉生は足の中央に唇を寄せ、忙しなく花芯をぺちゃぺちゃと舐め上げ始めた。そうしながら、さらに内腿を押し広げていく。

「やっ……ぁっ、やんっ、そんなに、広げ……あっ……！」

急ぐような口淫の刺激に、足がじっとしていられない。左足は焦れるたびにドアにぶつかり、右足は運転席のシートを蹴った。

彼の舌は恥ずかしいくらい丹念に秘裂をなぞっていく。秘唇の隙間に舌先を挟み、余すところなくといわんばかりに舐め上げた。

尖らせた舌を膣口から挿しこみ、くりくり動かして刺激を加える。そこから溢れる蜜が、ぷちゅぷちゅ音をたてているのがわかった。

周囲が静かなのと、車内が小さな個室状態になっているせいか、そんな小さな淫音がやけに大きく聞こえる。

琉生も思ったより興奮しているらしく、舌の動きが大きくなり、内腿を広げていただけの手はまるで乳房を掴むように横尻を揉んでいる。

「あっ……や、やぁ……ん……ンッ……」

「べちゃべちゃだよ、美涼さん……。美涼さんも……昨日のだけじゃ足りなかったんじゃないの？」

「ば、ばか……違っ……、あぁんっ……」

「言ってくれれば、いつでもしてあげるのに……」

「馬鹿ぁ……やぁっ、アぁ……」

ぐちゃぐちゃと信じられない淫音が聞こえる。これが自分の愛液だけの音なのか、琉生の唾液がたてている音なのか、自然とたってしまっているものなのか、彼がわざとたてているものなのか、なにがなんだかわからない。

「やぁ……やぁんっ……堂……嶋くぅ……！　おかし、くなるっ……！」

夜中まで琉生に抱かれ続けた感覚が身体によみがえってくる。身体の奥底に残っていた快感の余韻が駆け巡り、美涼の全身が戦慄いた。

「あぁぁっ……あっ！」

蜜洞の奥がびくんびくんと脈打っている。なにかを欲しがって、淫路がきゅうっと収縮した。

「ほら……こんなくらいでイクなんて……、したかった証拠じゃないですか」

「ち……違……ハァっ……、堂嶋君と、一緒にしな……いで……」

「欲しいんでしょう？　このヒクヒクしてる所に……」

お尻の下に手を入れ、親指で左右から秘裂を開かれる。縮まっていた部分を広げられ、美涼は羞恥のあまり琉生の頭をグイッと押して彼の頭の上で両腿を閉じた。

そのまま足を横に倒して琉生の視線から逃げようとしたが、素早く彼に両足首を掴まれ膝を折ったまま胸側へ押し上げられる。

「あーもぅ、こういう格好で足を閉じると、よけいにエロっぽくなるのに。知らないんですかーぁ」

「し、知らな……ぃやっ……」

「ほら、薄暗いけど丸見え。濡れてるトコがてかてかしてて、すっげぇやらしーぃ。尻のあいだまで垂れてるし」

「ちょっ……」

両足は閉じているが、腿を上げられているせいで、琉生にはお尻側から花芯がよく見えるのだろう。

いくら大きな車だとはいえ、シート自体は狭い。美涼はシートの横を掴んで上半身を無理やり起こそうとするが、うまくいかなかった。

「欲しかったら言ってよ……。いくらでもしてあげる……。美涼さんなら……」

掴まれていた足首が放される。しかしすぐに違う物が美涼の両足を拘束《こうそく》した。

「な、なにっ……」

「大丈夫。痛くしません」

美涼の両足をそろえ、琉生は片足に引っ掛かっていたストッキングで彼女の足を膝下で縛り合わせてしまったのだ。

「暴れなければ痛くならないから、イイ子にしててくださいねー」

「この、変態っ」

「こんなの変態の領域に入りませんよ。美涼さんが欲しくて理性を失いかけている男にそんなこと言ったら、もっと凄いことしちゃいますよー？」

「や、やだぁ……馬鹿ぁ……」

琉生は縛り合わせた美涼の両足を片腕に抱え、彼女の腰の下に敷いている自分のスーツをごそごそとあさる。続けてズボンのベルトを外し始めた。

「気持ちヨくしてほしいときは、いつでも言ってくださいよ。会社にいるときでもいいですから」

「な……なに言ってんの……。会社でなんて……。そんなこと考える男は嫌いよっ」

薄闇の中で琉生と目が合う。一瞬の沈黙のあと、彼がふっと微笑んだ。

「そうですよね。……会社で無理やり抱くような男、嫌いですよね。……よかった……。俺、絶対に会社では手を出しませんよ。仕事が終わるまで、我慢します」

美涼は言葉が出なかった。

琉生は、まだ交際していたころの国枝が、残業中に美涼に対して無理やり身体を求めてきたことを知っている。

どうして知っているのかは聞いていないが、今の彼の言葉が、そのことを意識したものであるように聞こえたのだ。

美涼が嫌がるセックスはしない、と……。

それなら、イヤだと言えばこの拘束された足も自由にしてくれるだろうか。

本気でイヤがったなら、きっと琉生はほどいてくれる。けれど美涼は、そう考えるとイヤだという言葉が出なくなってしまった。

琉生が美涼の痴態《ちたい》を眺めて性欲を煽られているのだと思うと、ゾクゾクする。

また、そんな彼に淫らな視線を向けられ、勝手に花芯がじくじくと疼くのだ。

（私……変……）

美涼が自分の羞恥と戦っている隙に、琉生は先程スーツから取り出した避妊具を熱り勃った自分自身に装着する。

縛り合わせた美涼の両足を胸に抱えるように覆いかぶさり、ひと息に突き挿れてきた。

「あっ……やぁ、あぁっ！」

今までのものとは違う挿入感。まるで身体を串刺しにされたかのよう。

「あっ……あ、あっ……」

軽い絶頂で敏感になっている場所が、待ち望んでいた刺激を悦ぶように蠢《うごめ》く。いきなりの侵入者を離すまいと、媚襞が強くからみついていくような気がした。

「凄……、美涼さ……。俺、すっげぇ引っ張られてる気分……」

「……なにっ……、あっ……」

「ホントだよ……。離さない、って、きっちり握られてるみたいだ」

「変なこと言わな……ああっ、あ……ぁっ、やぁん……んっ……」

「変なこと言ってるのは美涼さんだよ……。どうしたの？　俺、動いてないのに。そんな色っぽい声出して」

深くひと突きしたきり、琉生は動かない。膨張した屹立を根元まで埋めこみ、ただ美涼の中で彼女の感触を楽しんでいる。

欲していたものが与えられ、それだけで蜜窟が悦んでいる。

彼の形、彼の熱さ、彼の熱情が、扇情的に昨夜の快感を思いださせる。

ただ挿入されているだけなのに、全身に電流が流れ、息が乱れて腰が震える。耐えきれなくなって腰をうねらせると、一緒に花芯が擦られて淫路に刺激が走った。

「あっ……や……、あぁっンッ……」

「やらしいなぁ、美涼さん……。自分から腰振ってんの……。どうしてほしいのか言ってくれれば、してほしいようにしてあげる」

「う……うるさ……、あぁっ、や、やぁぁっ……」

自然と腰が小刻みに動いてしまう。快感に抗《あらが》いきれないまま、美涼は喉を反らし、琉生

の腰で彼のシャツを掴んで揺さぶった。

「ほら、お願いして。『動いて』って」

「堂……嶋、く……んっ」

「俺を、欲しがって……」

美涼を煽っているはずなのに、優位に立っているのは彼であるはずなのに。

なぜだろう。琉生の声が、とてもつらそうに聞こえる。

それをなぜなのか考えることもできないまま、美涼は抑えきれない疼きを言葉にした。

「うご……いて……お願い……、イ……きそう、なの……あぁっ！」

ほんの少しの言葉を口にしただけで、彼女が欲したとおりのものが与えられる。琉生がせきを切ったように腰を振りたて始めたのだ。

「あっ……！　やぁ、あぁっ！」

大きく激しく揺さぶられ、シートごと美涼の身体が揺れる。その激しさに、車まで揺れているような気がした。

「挿れただけだったのに、イきそうになったの？　そんなイイ反応されたら、堪んないんだけど……！」

「あっ……あ、ダメっ……強い……あぁんっ！」

「動いてって言ったのは美涼さんだよ……。俺だって……、止まんない……」

「あぁ……！　あっ……、やぁぁ、んっ……！」

琉生が腰を打ちつけるたびに、肌がぶつかる音にぐちゃりぐちゃりと乱れた蜜音が混じる。車内という密室が大げさなほど淫音を響かせ、ふたりの吐息は荒く濫りがわしくなっていった。

琉生の両手が美涼のお尻を鷲掴み、わずかに持ち上げて激しく腰を打ちつける。自分で腰を焦らせないぶん、美涼はその抽送に翻弄された。

「あぁあっ……！　や、やだぁ、も、もぅっ……ダメぇっ……あぁっ！」

掴んでいたシャツから手を離し、美涼は琉生にしがみつく。快感のあまり縛り合わされた両足が痙攣を起こしていたが、それを気にすることもできないほど彼女は快楽の渦に取りこまれていた。

「イっていいよ……。美涼さん……」

「い……ぃ、アぁ……もぃ、イクっ……ぁ、ああっ――――！」

全身がカアッと熱くなり、背が引き攣る。思わず身体を反らし息を詰めたまま、美涼は恍惚の波を感じた。

ビクリと腰を揺らして大きな息を吐くと、琉生の動きが止まる。彼は美涼の足の拘束を解き、ガクガクと痙攣する両足を撫でながらゆっくりと下ろした。

ずるり、と、彼の滾りが抜け出たのがわかる。その感覚に、美涼はぞくぞくと身体が震えた。

「美涼さん……かーわいい……」

嬉しそうに囁き、琉生が美涼の唇をついばむ。吐息が震え声が出ない。

琉生の顔がぼんやりとぼやけていることで、美涼は自分が快感のあまり涙目になっていることに気づいた。

「気持ちよかったでしょう？　こういうの、好きになれそう？」

「……馬鹿……」

琉生が照れくさそうに微笑んでいるような気がする。けれど、瞳に溜まる涙のせいでよくわからない。

「美涼さん、俺、他の女の所になんて行かないから……。安心して……。やきもちなんか焼いたら、駄目だよ」

軽く触れる唇。何度も付いたり離れたりを繰り返す。

――琉生の声は、嬉しそうだ……。

さっきみたいに「馬鹿」と言ってやりたいのに、その言葉が出てこない。

それよりも美涼は、琉生の言葉を聞いてどこか安心した気持になっている自分を、不思議に思っていた。

――このあと、昨日のように何度も挑まれてしまうのかと覚悟もした。

しかし彼は、けだるそうにする美涼の服を丁寧に直し、彼女を抱き寄せて休ませてくれたのだ。

「無理させた？　ごめんね、美涼さん。俺……我慢できなくて……」

寄りかからせてくれる胸。髪を撫でる手。そのすべてが心地よくて、美涼は琉生の腕の中で身動きすることができなかった。

「こんなにがっついたら、これだから年下は、って、美涼さんに笑われちゃいますね」

彼女にもう少し気力があったなら言っていたであろうセリフを口に、琉生は苦笑する。

まったくだ……。そう思っても、美涼は皮肉を言うこともできない。今この状態でいつもの啖呵《たんか》を切っても、強がりにしかならない。

美涼が家に帰りついたのは二十一時も過ぎたころだった。

家の前に車が停まると、琉生が先に自分のシートベルトを外そうとする。おそらく美涼のために助手席のドアを開けるため外に出ようとしたのだろう。美涼はそれを止めた。

「いい……。自分で降りるから。……私が降りたら、すぐに行って。弟とかに見られたら、うるさいし……」

弟に見られたら、きっと冷やかされるから恥ずかしい。そう伝えたかったのに、これでは琉生といるところを見られるのがイヤだとでも言っているかのようだ。

訂正しようにもできないまま、美涼はシートベルトを外しドアに手をかけた。

「美涼さん」

ドア側に身体を向けると肩を摑まれる。軽く振り向いた瞬間、頬に琉生の唇が触れた。

「また……明日……」

別れを惜しむかのような、ちょっと寂しげな口調。ドキリとしたまま琉生を見ていると、彼も美涼を見つめ返した。

薄闇の中に溶けてしまいそうな儚《はかな》い微笑み。琉生は、こんな顔もできるのだ……。ちょっと見つめすぎかもしれない。自分でもそう感じたとき、目の前の微笑みが一転し、口角を上げた軽笑に変わった。

「そんな溶けそうな顔したら、ここでまた押し倒しちゃいますよ」

ムードぶち壊しである。美涼は我に返り、琉生をキッと睨みつけて車を降りると威勢よくドアを閉めた。

身をかがめて助手席の窓越しに中を覗くと、琉生と目が合う。そのまま目をそらすのもなんなので、美涼は胸の横で小さくバイバイと手を振った。

それだけなのに、彼はとても嬉しそうににこりと笑い、顔の横で大きく手を振ったのだ。

胸の奥がきゅんっと疼いたのと同時に、かわいい、という感情が湧き上がる。そんな自分に戸惑っているうちに、車はゆっくりと走りだした。

「そんなに嬉しそうにしないでよ……馬鹿……」

走り去る車を見送りながら出るのは、無駄な強がり。

大きく呼吸をすると秋の夜風が肺に冷たい。ふと、今まで彼の腕に抱かれて感じていた体温が恋しくなった。

「……どうかしてる……」

ぽつりと呟き、美涼は、コントロールできない自分の感情をもどかしく感じる。

そのとき、ドアが閉まる大きな音と、駆け寄ってくる靴音が続けて聞こえてきた。どうやら家から誰かが出てきたようだ。

何気なく向けた目に映ったのは美緒の姿。車の音を聞きつけて迎えに出てきてくれたのだろうか。

嬉しい出迎えに美涼は笑顔が浮かびかかる。しかし美緒の様子がどこかおかしいことに気づき、出るはずの笑顔が引っ込んだ。

泣きそうな顔で門を飛び出してきた美緒は、強く美涼の両腕を摑んだのである。

「お姉ちゃん……、誰と……帰ってきたの？」

「美緒？」

「誰の車に乗って帰ってきたの？　今日は早く帰ってくるって言ったよね……どうして、こんなに遅くなったの？」

「美緒、どうしたの……」

「昨日だって帰ってくるのがすごく遅くて、それで今日も……。同じ人？　後輩と飲んでたって、本当？　今の白い車、誰？」

「どうしたの？　そんなこと聞いて」

オドオドした様子が美緒らしくない。それに、誰となにをしていたかなんて詮索するような子ではないのだ。

美緒の手にはスマホが握られている。それを見て、美涼は涼輔の話を思いだした。昨日から美緒が誰かからの電話を待っているみたいだという話だ。

（まさか……）

イヤな胸騒ぎがした。それが気のせいであることを願う前に、美緒が震える声で口火を切る。

「ねえ、お姉ちゃん……本当のこと言って……。本当は違うの？　後輩の人なんかじゃない？　お姉ちゃん……、もしかして、……国枝さんと一緒だった……とか……」

「美緒……」

「だから国枝さん、連絡くれないの？　お姉ちゃんと会ってるから、国枝さん……」

「待って、ちょっとストップ」

美涼は美緒の腕を摑み返し、動揺のあまり瞳をキョトキョトと揺らす妹の顔を覗きこんだ。

大きくした目に涙をいっぱい溜めて、おびえながら美涼を見ている。

こんなことを聞いてもいいのだろうか。これは人を疑うという行為。間違えば誰かを傷つけるのに。——そんな、美緒の気持ちが手に取るようにわかる。

こうして姉を問い詰めることに、どれだけ葛藤《かっとう》したことだろう。

それでも、聞かずにはいられなかったのだ。聞かなければ、心が壊れそうなくらいつらかったに違いない。

「……主任から……、電話がこないの？」

一瞬ピクリと表情を歪め、美緒がこくっとうなずく。

イヤな予感が、当たったような気がした。

美緒が涼輔を睨みつけてまでムキになるなら、国枝に関することではないかという予感があったのだ。

「いつから？」

「……四日前……。今週に入ってから……」

美涼はちょっとほっとする。今日で四日目なら月曜日から連絡がないということ。今週に入ってから、新規の取引先をかかえた国枝は特に忙しく動き回っている。仕事のせいで連絡がおろそかになっているだけだろう。

「あのね、美緒。主任はね、今週に入ってから忙しくて……」

「嘘……、お姉ちゃんが、国枝さんと会っているからじゃないの？　だから、お姉ちゃん、毎日遅いんじゃないの……？」

美涼は眉をひそめる。美緒の口調は、上司と部下だから一緒に仕事をしていたのかと聞いているものではないように思える。

「なにを誤解してるの……。国枝さんは上司で……」

そう言った途端、美緒は美涼から手を離して後退した。

「……だって、お姉ちゃん、国枝さんとつきあってたんでしょう……？　そのこと、黙ってたんだよね……？」

美緒が知っているはずのない事実を口にしたことに驚き、美涼は言葉を失う。しかしその態度は美緒の誤解を大きくした。

「……やっぱりそうだ……。お姉ちゃん……国枝さんを取り返すつもりなの？　だから、一緒にいること黙ってて……、それを当てられて、そんな顔してるの？」

「誤解だよ、そんなわけないでしょう」

美緒はとうとう胸の前で握り合わせた両手まで震わせはじめた。

動揺は大きくなるばかりだ。美涼は美緒を落ち着かせようと手を伸ばすが、掴まれる前に後退した美緒が泣き声をあげた。

「お姉ちゃん……国枝さんに冷たくして自分から離れていったんでしょう？　自分以外とつきあうようになったら彼が惜しくなったとか、そういうことなの？　今、国枝さんとつきあってるのは美緒なんだよ……？　それでも……そんな、ずるいこと……！」

「違う……！」

誤解はどんどん大きくなる。マイナスに片寄った美緒の思考は、そのまま坂を転がり落ちるようにどこまでも悪いことしか考えられなくなっていく。

美涼は美緒の言葉を止めようとする。しかし美緒は、もう耐えられないといわんばかりに踵を返した。

家の中へ駆けこんでいく妹を見ながら、美涼は呆然とする。

「どうして……知って……」

絶対に美緒には知られないようにしようと思っていたのに。上司と部下でしかない形を徹底するために、自分には関わるなと国枝にきつく言い渡すことまでしたのに。

美緒は、国枝と美涼が恋人関係であった過去を知っている。それも、とんでもない誤解をしているようだ。

「違うよ……美緒……。離れていったのは、私からじゃない……」

美緒の姿が消えたドアを見つめ、美涼は呟く。

「離れていったのは……」

言い訳を呑みこむように、美涼は言葉を口に中に溜めた。

＊　＊　＊

「美涼さん……かわいかったなぁ……」

琉生の口から無意識のうちに出る呟き。意識をしなくても別れ際に見た彼女の顔が思い浮かぶ。

助手席の窓越し。ムッとしているふうなのに照れくささを隠せない顔で、小さく手を振っていた。

美涼の意地っ張りな一面が伝わってくるようで、とんでもなくかわいく思えた。

（かわいいなんてからかったら、また怒るかな）

自分の予想にクスリと笑いが漏れる。進行方向左側にコンビニの看板を見つけ、コーヒーでも買って帰ろうかと思い立った。

駐車場に入り車を停めたとき、タイミングを見計らったようにスマホの着信音が鳴る。相手を確認し、ちょっと苦笑いを漏らすと、琉生は一度深呼吸をしてから応答した。

「はい……。琉生です」

『もしもし。今日は定時で帰ったみたいだね。ご苦労さま』

「毎日残業になるほど働き者じゃないんですよ、俺」

『そんなことないだろう。営業一課期待のホープだって、松宮課長が言っていたよ』

嫌みのない爽やかな声。聞いているだけで、この人物の穏やかさと器《うつわ》の大きさが伝わってくる。

そんな彼に、琉生は礼儀正しく対応した。

『実はね、さっき叔母様と話をしていて、琉生君が今日はあの車に乗ってくれたんだって聞いて驚いたんだ。初めてだよね、乗ってくれたの』

「ええ……。乗り心地がよくて最高ですよ」

『よかった。入社祝いにプレゼントしてから一度も乗ってくれていなかったから、気に入らなかったかと思っていたんだ』

「考えすぎですよ。新人の頃からこんな高級車に乗って会社になんか行けるはずがないじゃないですか。今日は……まあ、そろそろいいかなって、思って……」

『僕の従弟《いとこ》なんだって言えば、みんな納得するんじゃないのかい？』

「……言えませんよ……。まだ……」

気まずそうな口調が伝わったのだろうか。相手は一瞬黙り、それでも穏やかな声を出し続けた。

『近いうち、一緒に飲みに行こう。最近ゆっくり話ができていないし』

「わかりました。でも、俺よりそちらのほうが忙しいでしょう？」

『いつもじゃないよ。連絡する』

「はい、わかりました。——正貴《まさき》さん」

従兄との通話を終え、琉生は深く息を吐く。しばらくその体勢のまま動けないでいたが、気を取り直してシートベルトを外した。

すると、またもや着信音が鳴る。もしや従兄が、早々に飲みに行く日を打診するためにかけてきたのだろうか。そんなことを考えながら、相手を確かめもせずにスマホを耳にあてる。

『……堂嶋くん……』

琉生が声を出す前に相手が口を開いた。女性の声。明らかに泣いているのがわかる。美涼が気にしていた、経理課の女性、波多野《はたの》玲子《れいこ》だ。

『……たすけて……』

琉生はグッと唇を結ぶ。しかし、すぐに歯切れの悪い声を出した。

「……どこに、いるの……?」

玲子の所在を聞き、琉生は通話を終える。コーヒーを諦めてシートベルトを締め直した。

脳裏に美涼の姿が浮かぶ。

やきもちを焼いた彼女。

――かわいくて愛しくて、理性なんかぶっ飛んだ。

「……他の女の所になんか行かないって……約束したのに……」

苦笑をする琉生の声は、泣いてしまいそうなほど苦しげだった。

第四章　年下はやっぱり嫌いです！

翌日美涼は、気持ちが沈みきった顔を誰にも見られたくなくて、いつもより一時間も早い電車を選択して家を出た。

「……いってきます……」

こそっと呟き、ドアを閉める。

ひと声かけたのは、誰かに気づいてもらいたかったからではない。むしろ、誰にも会いたくないからだ。

門を出て左右を見渡す。早朝の住宅街は、歩道車道とも静かなものだ。

また昨日のように琉生が迎えに来るのではないか……。

警戒しつつ、それを期待してもいる。もし来たら、美緒を起こして言ってやるのだ。昨日と一昨日、一緒にいたのはこの男なのだと。

琉生の存在を利用しようとしている自分の考えに、虚しさが湧き上がる。

そんなことをしても無駄かもしれない。美緒は、美涼が嘘を信じさせるために後輩を呼びつけたのだと考えてしまうかもしれない。

いつもの素直な美緒ならそんなこともないだろうが、ネガティブになってしまっている今の状況では逆効果だ。

「主任に……説明してもらうしかないか……」

言葉と一緒に出るのは重いため息。この誤解を解けるのは国枝しかいないだろう。

ひとこと言ってもらえばいいのだ。「仕事が忙しくなって連絡ができないでいた」と……。そうすれば、美緒もわかってくれる。

しかし、この誤解を招くきっかけとなった、国枝と美涼がつきあっていたという事実を美緒はどうやって知ったのだろう。

誰かに聞いたというのが、一番可能性がありそうだ。だとすれば、誰に聞いたのかという疑問が生まれる。

会社の人間に、ふたりの関係を知る者はいなかったはず。――たったひとり、知っていたらしい琉生は別として。

早朝で電車がすいていて楽だったせいか、それとも考え事をしていたせいか、いつもより時間がかからなかったような気がした。

(朝ご飯食べてこなかったしなぁ……。カフェでモーニングとか、ちょっとかっこつけてもよかったかな)

目の前に見えてきた本社ビルに向かいながら、ぼんやり考える。

朝早くから出社したのは、急ぎの仕事があるからなどではない。単に、美緒と顔を合わせるのが気まずくて、のんびり朝食をとる気になれなかったのだ。

「やっと、平気になったのにな……」

家に身の置き場がない気持ちになるのは、一ヶ月ぶりだ。

一ヶ月前、国枝と美緒の関係を知り、自分の立場が中途半端なことに気づいた。美緒が妊娠したかもしれないという話に動揺し、自分がつい先日まで国枝の恋人だったということを口に出せないまま、美涼は、姉として美緒の味方についた。

会社では国枝と気まずくなり、仕事がしづらい。家に帰ればなにも関係のないふりをして美緒から国枝の話を聞き、隠し事をし続ける。

いっそ会社を辞めて自分が国枝の前から消えれば、美緒を騙している罪悪感から逃れられるのではないだろうかとまで考えた。

そんな時期を乗り越え、やっと平気になったのに。また同じような気持ちになってしまうとは……。

「迎えに来てくれて……本当にありがとう……」

不意に聞こえたその声は、とても小さかった。通行人や車の通りが多い時間帯なら、きっと耳には入ってこなかっただろう。

声に気づけたのは、人の姿がほとんどない出社時間であったことと、その声が、昨日も耳にした切なげな声だったからだ。

嫌な予感をよぎらせながら、美涼はこそっと視線を上げる。本社ビル正面入口までもう少し。その手前にある地下駐車場へ続く通路の出入口、そこから出てきたらしいふたつの影が目に入った。

——琉生と、例の経理課の女性だ。

「朝……早かったのに……。ごめんなさいね……」

「いや、いいよ、別に。俺は大丈夫だし」

「……昨日も……、来てくれてありがとう……」

「うん……」

ふたりはビルの正面入口で立ち止まり、一度顔を見合わせてから女性だけが自動ドアをくぐっていく。琉生はそこに立ち、ドア越しに女性の姿を見送っているようだった。

短い会話だが、それだけでこの状況が理解できる。

つまり琉生は、この早朝からあの女性を迎えに行き、会社まで一緒に来た。そして聞くからに、彼は昨日、あの女性のもとへ行ったのだ。

おそらく、美涼と別れてから……。

どこか深刻な顔をして立つ琉生の横顔を、美涼は呆然と見つめる。

(……行かないって……言ったのに……)

心の中でそう呟いたとき、琉生が動き出す。彼はなぜか会社には入らず、駐車場へ戻ろうとした。

「美涼さん……」

彼女がいたことに気づいた琉生は、一瞬真面目な顔で眉をひそめ、驚いた表情を見せる。しかしすぐに態度をころっと変えた。

「おっはよーございますぅ。どーしたんですっ、こんな早くに」

わかっていても、思わずイラッときそうな軽い口調。美涼の前に立ち、ムッとする彼女の顔を覗きこむ。

「これから迎えに行こうと思ってたんですよ？　どうしたんですか？　昨日より早く出てきたんですね？」

「……君が来たらうざったいから、わざと早く出たの」

そう言い捨て、琉生の横を通りすぎる。当然のように彼も横へ並び、一緒に歩きだした。

「早くに出るなら連絡くれればよかったのに。俺の番号、知ってますよね？」

「知らない」

「えーっ、マジで？　沢田にでも聞いて知ってると思ってた。じゃあ、教えますよ。だからいつでも……」

「いらないっ。教えられても消す」

「なんだろ？　今朝はまた一段と冷たいですねぇ」

あははと笑い声をあげる琉生と並んだまま、エントランスへ入る。美涼は返事もせずにエレベーターホールへ向かおうとしたが、琉生に腕を摑まれ足が止まった。

「美涼さん……、もしかして、見たの？」

軽口から一転した口調。この言葉の意味は、もちろん例の女性と一緒にいたところを見たのかと問うているのだろう。

神妙な表情になる琉生をひと睨みする。と、そのとき、軽快なヒールの音とともに快活《かいかつ》な声がかかった。

「あら、おはよう。早いのね、おふたりさん」

ふたりが同時に顔を向けた先には、近づいてくる一人の女性の姿がある。

洗練されたスーツ姿。スタイルもいいがその面立ちは嫌みのない美人顔。微笑みを浮かべる大人っぽい相貌に、桜色のルージュがちょっとかわいらしい。

「おはようございます。朋美さん」

琉生が無難な挨拶をしたことに焦り、美涼も「おはようございます」と頭を下げる。そうしながらも、とんでもない偶然に鼓動が騒ぎ出した。

彼女のことは、美涼も知っている。というよりはこの会社で彼女を知らない者はいないだろう。直接話したことはないが、それほどの有名人だ。

この東條商事本社の副社長夫人。総務部部長、東條朋美《とうじょうともみ》。

もとは松宮の部下だったということで、彼女の話は聞かされたことがある。

結婚前、総務課の主任だった時代も気さくで明るく、部下はもちろん他部署の社員からも信頼が厚かった人気者だ。

しかし、いくら気さくな人だとはいえ、一介の社員にこんなにも気軽に話しかけてくれるとは……。

「早かったのね、琉生君。仕事でも残していた？　松宮さんに鍛《きた》えられているらしいじゃない」

「鍛えごたえがあるって言ってもらいたいし、頑張ってますよ。それより、朋美さんはどうしたんですか？」

「副社長が、今日は早朝会議なのよ。だから、ついでに私も一緒に来ちゃった」

「そうですか。相変わらず仲よしですねー」

冷やかす琉生に、朋美はうふふと笑い「やーい、羨ましいかー」とおどけてみせる。

美涼は目をぱちくりとさせてその光景を見守った。

「仕事、頑張って。あっ、近いうちに連絡するわね」

「わかりましたー。早朝からお疲れ様です、部長っ」

おどけた琉生が背筋を伸ばし、片手をひたいの横にかざして敬礼をしてみせる。クスクスと笑う朋美は美涼に微笑みかけ、エントランスを颯爽《さっそう》と横切っていった。

かっこいい……。同性ながら見惚れてしまいそうだ。

しかし美涼は朋美の姿を追っていた目を無理やり横へ向け、琉生のスーツをグイッと引っ張った。

「ちょ、ちょっとぉっ、堂嶋君、なにやってんのよっ」

「はい？」

「選《よ》り取《ど》り見取《みど》りなんだか、単に節操《せっそう》がないだけなのかわかんないけど、これはまずいでしょうっ」

「なにがですかー？」

「よ……よりによって、副社長夫人はまずいわよ。どんだけ年上ばっかターゲットなのよ。馬鹿じゃない？」

「は？」

首をかしげた琉生だったが、美涼の言いたいことがわかったのだろう。スーツを摑む彼女の手をとり、焦るその顔を見つめて口角を上げた。

「もーっ、美涼さんってば、またやきもち焼いてるんですか？　かーわいいなぁ、もうっ」

瞬間的にカッとした表情を抑えられないまま、美涼は琉生の手を振り払う。怒鳴りつけてやろうとしたのに、言葉が出てこない。

カッとした原因が、喉を詰まらせるのだ。――怒り、ではなく。……羞恥心が。

「い……いい加減にしなさいよ……。一応……心配してやってんのに……」

「心配しなくたって、あの人はそんな人じゃ……」

「あの人？　どれだけ親しいのか知らないけど、副社長夫人を〝あの人〟呼ばわりとはね。よっぽど仲がよろしいようで。……も、もういいわよ……。忠告はしたからね。あとはご勝手にっ」

美涼は一方的に言い捨てて歩き出す。琉生の言い分だって聞いてやるべきだったのだろうが、頬がだんだんと熱くなってきて、顔が赤くなっているかと思うと耐えられなくなった。

そんな顔を、琉生に見られるのがイヤだったのだ。

彼のことだ。美涼がどれだけ怒った顔を見せようと、「もー、またまたぁ」と軽くかわし、冗談だと思うだろう。

そう思った美涼だったが、琉生は意外にもそこに引っ掛かりをみせた。

「待ってくださいよ。本当に違いますからね。これだけは、美涼さんに勘違いされたくないです」

少し真面目な口調だ。美涼には誤解をされたくないという言葉に、不覚にも胸がきゅんとする。

しかし美涼はそれを振り払うようにさっさと歩き、エレベーターの前で呼び出しボタンを押して振り返った。

「なにを信じろって？　イイコトばっかり言って、君、口ばっかりじゃないの」

「そんなことないですよ。美涼さんには、俺……」

「ふうん。それなら、昨日、私を送ってから、堂嶋君はどこに行ったの？　どこにも行かないって私に言ったよね？　『昨日も来てくれてありがとう』とか、熱心にお礼言われてたじゃない。今朝も迎えに行ったんでしょう？」

琉生が言葉を発することができないまま、わずかに目を見開く。

その表情を見た瞬間、胸がズキンと痛んだ。

「……口ばっかり……。これだから……、年下の男なんて……」

わけの分からない怒りが込み上げてきた。

怒りなのに……なぜか、――悲しい……。

「だから……君みたいな年下でチャラい男、大っ嫌いなのよ！」

背後でエレベーターのドアが開く。美涼は素早く飛びこみ、ボタンを押して早々にドアを閉めた。

九階を指定すると、エレベーターは美涼だけを乗せて上昇を始める。パネルに指を置いたまま、美涼の肩が小刻みに震えだす。

自分でもわからないうちに……。涙があふれた……。


「美涼ー、お昼行こうよ」

千明に呼びかけられ、美涼はキーボードの上で手を止める。くるりと振り返り、気まずそうに笑ってみせた。

「ごめん。ちょっと遅くなりそう」

「どうしたの、珍しい。課長に急ぎの書類でも渡されたの？」

ひょこっと美涼の手元を覗き込み、千明は目をぱちくりとさせて言葉を止める。一瞬の沈黙のあと、美涼のひたいに手をあてた。

「どうしたの？　具合でも悪い？　手伝おうか？」

「いいよ。大丈夫。それに、もうすぐ終わるから。お昼先に行っていいよ」

「うん……、わかった」

美涼から手を離して、千明は少々納得がいかない声を出す。

そんな反応をされてしまうのも無理はない。美涼がやっていたのは単純な書類の作成。それも、朝からやっているものがまだ終わっていないのだ。

いつもの彼女なら、とっくに終わっているはずだ。それが終わっていないので、千明は美涼の体調が悪いのかと思ったのだろう。

オフィスを出ていく千明を見送り、美涼はハアッと息を吐いて肩の力を抜く。他の課員たちも昼食や買い物に出始め、オフィスの中は美涼を含め数名の課員を残すのみとなっていた。

オフィス内はガランとしている。美涼の視線は何気なく琉生のデスクに向いた。

書類は置かれているが本人はいない。朝から松宮について外出したきりだ。

席を見ているだけなのに、胸が詰まるように苦しい。美涼は目をそらし、キーボードの前で動かなくなった自分の手を見つめた。

今朝の自分は、あまりにも感情的だったように思えて情けない。

反面、そんな気持ちになる原因を作った琉生にも腹が立つ。

……と、いうより、悲しい。

どんなにいいことを言ったって、どんなに優しい態度をとったって、琉生も、しょせんは自分が嫌いな男の部類から脱していないように感じる。

そんなことばかりを考えて、仕事がまったく進まない。こんなことは初めてだ。

一ヶ月前だって、会社を辞めたいとは思っても仕事が手につかないほど思い悩むことはなかったのに。

あのとき以上に、琉生の存在が美涼を悩ませている……。

自然と出る大きなため息。どうしたらいいのかわからないことばかりだ。美涼は脇にそれがちな思考を戻しながら手を動かし始める。

こんなことでは、仕事が進まず無駄な残業が増えてしまう。帰るのが遅くなれば美緒の誤解を大きくするだけだろう。

動き始めたばかりの手が早々に止まる。……その誤解を解くために、国枝と話をしなくてはならないことを思いだしたのだ。

胃が痛くなりそうなことばかり。美涼はますます重くなる気持ちをかかえ、仕事に集中しようと手を動かした。

すると、そんな彼女のキーボードの横に、缶コーヒーが置かれたのである。

千明が戻ってきて差し入れてくれたのだろうか。軽く考えて顔を横に向けた美涼は、そこに立っていた人物を見て目を見開いた。

「珍しいね。ひとりで昼まで仕事なんて。課長の急ぎ？」

どことなく千明と似たような質問を口に、立っていたのは国枝だ。

片手に鞄を持っているのを見て、そういえば国枝も朝から外出だったことを思いだす。

美涼は、一応形式的な返事をした。

「お疲れ様です、主任。急ぎというわけではありませんが、キリのいいところまで終わらせてしまおうと思いまして……」

「そうか。……戻ったら、美……倉田君がいたから驚いた。ご苦労さま。そのコーヒー、あげるよ」

「あ……ありがとうございます」

「沢田君に指導してくれたおかげで、取引先に渡す資料が満足のいくものに仕上がった。……君をあてにしちゃいけないと思っていたから……助かったよ」

「あてにしないように、って、沢田さんに言っていたそうですね」

「……まあ……、約束だったし……。でも、ありがとう」

気まずそうに苦笑いをして、国枝は言葉を濁す。彼はそんな礼を言うために話しかけてきたのだろうか。

なんとなく、雰囲気がいつもより柔らかい気もする。

それにも驚くが、気を張らず角も立てずに国枝と普通に話せている自分にも、美涼は驚いていた。

「新規の会社、どうですか？　上手くいきそうですか」

「おかげさまでね。たぶん、間違いなく契約に繋がるよ」

「そうですか。おめでとうございます」

「やっと……、少しホッとした……」

穏やかな雰囲気は仕事のせいだろう。ここ最近は、忙しかったせいか尖った表情の彼しか目にしていなかった。

……今なら話ができるかもしれない。

そう思った美涼は、もらった缶コーヒーを片手に立ち上がった。

「あ……あの、主任、ちょっと相談したいことがあるんですけど……。いいですか？」

「相談？」

国枝は目を見開いて驚きを表す。完全に彼を避けていた美涼から、相談を持ちかけられるとは思っていなかったのだろう。

「すぐに終わります。本当にすぐです。……妹のことで……」

最後の言葉は小声になる。すぐに国枝は自分のデスクに鞄を置き、オフィスの外に出るよう美涼に指で合図を送った。

「そこの休憩所で大丈夫かな。小会議室にでも行ったほうがいい？」

「休憩所で大丈夫だと思います」

国枝は言われたとおり休憩所に向かっていく。飲料の自動販売機が四台並ぶ前に、椅子とテーブルが数セット置かれたスペース。昼休みに入っているせいか、飲み物を買ってそのまま立ち去る社員ばかりだ。

国枝が自分のコーヒーを買っているあいだに、美涼は一番奥の椅子に腰かけた。

「で……、美緒ちゃんの話って……」

向かい側に座り、開口一番、国枝が不安そうな声を出す。続けて美涼が聞こうと思っていたことを口にした。

「僕から……連絡がこないとか、そういうことかな？」

コーヒーの口を開けかけていた美涼の指が止まる。国枝は気まずそうに話を続けた。

「やっぱり、そうか……。今週に入ってから電話もできなくて……。気にしてるんじゃないかなとは思っていた」

「主任は今週に入ってずっとお忙しそうだったので。私はそのせいだろうと思っていたんですけど、……美緒が……らしくないほど動揺していて。とうとう、主任が私と個人的に会っているから連絡ができないんだ、なんて、誤解までしているんです」

「え？」

「ですから、本当、今すぐにでも連絡してやってほしいんです。『仕事だった』って、主任の口から言ってあげてください。……どうしてかわからないけれど、美緒が主任と私とのことを知っていて、すごく疑心暗鬼《ぎしんあんき》になっているんです。だから……」

「そうか、やっぱり……」

「え？」

今度は美涼が疑問を投げる番だった。やっぱり、とはどういうことだろう。美涼の件で美緒に問い詰められたことでもあったのだろうか。

国枝は自分の缶コーヒーを開け、口をつける。手に持ったままテーブルに置き、それを見つめながら口を開いた。

「……日曜日に会ったとき、美緒ちゃんに言ったんだ。……以前は、美涼とつきあっていたんだ、って」

美涼は驚いて腰を浮かせかける。椅子が予想以上に大きな音をたててしまい、慌てて座り直した。

「ど……、どうしてですか……。美緒のために、言わないって決めて……」

目に涙をいっぱい溜めて、動揺しながらも美涼を責めた美緒。

恋人の口から自分の姉とつきあっていたことを聞かされ、その直後に恋人から連絡がこなくなり、時を同じくして姉の帰宅も遅くなり始める。

――美緒が疑いを持つのは当然だ。

思いこみだけが膨らんで、耐えきれなくなってしまったのも納得できる。

「騙《だま》していたら駄目だって、思ったんだよ」

コーヒーの缶を近づけて口を開くきっかけを作りながら、国枝は言う。真剣な口調に、自然と美涼は耳をかたむけた。

「知らなければ、煩《わずら》わしい思いをすることはないけれど、美緒ちゃんを騙していたら駄目だって思うようになった。……このまま黙っていれば、僕はあの子に隠し事をし続けることになる」

パキッ……と、極力抑えた音をたてて、美涼の手元で缶コーヒーの口が開く。彼女は黙って国枝の話を聞いた。

「あの子は……、素直で、本当に純粋で……。あの子を騙しているんだと思うと、つらくてしょうがなかった。……だから、本当のことを言った。『お姉さんのほうとつきあっていた。お姉さんに三行半を突き付けられていたとはいえ、ちゃんと別れる話をしないまま美緒ちゃんとつきあった』って……」

その話を聞いて、ひとつ納得できた。美緒は、『自分から離れていったくせに』と美涼を責めた。こんな中途半端な説明をされていれば、美涼が勝手に国枝から離れていったのだと思うだろう。

「私……、三行半を突き付けた覚えはありませんけど」

「突き付けられたようなものだったろう？　あの日から、美涼は僕を避けるようになった。別れたいんだろうなってわかってはいたけど、僕から切り出すのはイヤだった。切り出せば美涼は僕の前からいなくなる。それが怖くて……。言えないまま……」

「あのときちゃんと別れていれば……。別れないまま美緒に手を出したなんて悩まずにすんだのに」

「僕が……悪かったことだしね……」

国枝はハハハと笑い、気まずそうに照れ笑いをする。

――半年前だ……。

仕事が忙しくてデートの時間も作れず、国枝は毎日のように美涼を残業につきあわせた。彼の仕事が難航《なんこう》している時期で、ふたりでゆっくりすごす時間がとれない。おまけに、一ヶ月以上、身体を重ねてもいなかった。

いろいろと苛立ちもあったのだろう。国枝は、ふたりきりのオフィスで無理やり美涼を抱こうとしたのだ。

『私の身体でうっぷん晴らししないで！　最低！』

彼がイラついた姿をずっと見ていただけに、この仕打ちが八つ当たりにしか思えなかった。国枝はすぐに謝ったが、当然のように、この日からふたりのあいだには溝ができ始めたのだ。

最低だと言って突き放したのは美涼だが、気まずくて離れていったのは国枝のほう。

別れを切り出すのが辛くて、不安と寂しさを埋めるように彼は美緒にすがった。

自分だけ心のよりどころを得た状態で、美涼を切り離したのだから。

「美涼とのことを話したとき、美緒ちゃん、『正直に話してくれてありがとう』って、泣きながら言ったんだ……。隠し事がなくなってホッとしたはずなのに、僕まで苦しくて泣きそうだった。……ありがとうなんて言ってくれたけど、本当は呆れられてしまったんじゃないかって考えた。そう思うと、仕事が忙しくて会いに行けないのに、電話ひとつする勇気が出なかった」

美緒が本当に自分を許してくれたのか、国枝は不安でたまらなかったのだろう。

彼女の真意が聞きたくても聞けないまま、仕事が忙しくなりよけいに連絡が取りづらくなった。

もしかしたら、少し、忙しくなったことは好都合だったのかもしれない。もしも美緒が本当は許してくれていなかったら……。そんな確認をするのは、国枝だって怖かっただろう。

気にするあまり連絡もできなかったのが真実のようだが、そのせいで、美緒は動揺しすぎてしまった。

「話をしたのって、日曜日だったんですよね？」

「そうだよ」

「じゃあ、そのコーヒーを飲んだら、すぐに電話をしてやってください。ふたりで会って、話をしてください。仕事で忙しくて連絡できなかったこと。……騙し続けるのが辛くなるほど、美緒のことが大好きだと思ってくれている気持ちも……」

国枝が目を見開く。彼を見つめ、美涼は控えめに微笑んだ。

「私の誤解……ちゃんと解いてくださいよ。いまだに主任と会ってるとか、取り返そうとしてるとか、今さら、そんな誤解は物凄く迷惑です。かわいがってきた妹に嫌われたら、私、辛いです」

ちょっとした悪態《あくたい》を加え、美涼は缶に口につける。国枝は一瞬目をぱちくりとさせたが、ぷっと噴き出し、声をたてて笑いだした。

「わかった。すぐに電話する」

「絶対にですよ。お昼ご飯を食べている暇があったら電話してください」

「OKだよ。怖いな、美涼は」

「会社でその呼びかたはNGです。いい加減学習してください」

砕けた雰囲気がふたりを包み、自然と穏やかな笑顔が浮かぶ。

こんな顔で国枝に接したのは、どのくらいぶりだろう。そんなことを考えながら、美涼はひとつ願いをかけた。

「美緒には……、私みたいな思いは、絶対にさせないでください……」

緩んでいた口元を引き締め、国枝がうなずく。彼はコーヒーの残りを一気にあおり、立ち上がった。

「すぐ連絡してみる」

「よろしくお願いします」

缶を捨てた国枝は、すぐにスマホを出して耳にあてながら立ち去っていく。それを見て、美涼はホッと安堵の息を吐き、目をそらした。

これで、美緒も落ち着いてくれるだろう。

コーヒーを飲んで口から缶を離したとき、その缶を何者かがうしろから掴む。驚いて振り向くと、缶を取られた。

「……なんか……、楽しそうでしたね」

そこに立っていたのは、琉生だ。

「なに、話してたんですか？　……大っ嫌いなはずの主任と」

眉を寄せ、彼は明らかに不快をあらわにしていた……。

「堂嶋く……」

ドキリとして、なぜか血の気が引いた。

そんな自分を美涼は落ち着かせようとする。

なにも焦ることはない。琉生も今帰社したところなのだろう。コーヒーを買いに来たら、国枝と美涼が話しているところを見かけた。

それだけだ……。

なのに美涼は、この状況に焦りを感じる。見られてはいけないものを琉生に見られてしまったような、そんな感覚に襲われた。

美涼から取りあげた缶をテーブルに置くと、琉生は無言で彼女の腕を引っ張る。美涼はその勢いで立ち上がり、引かれるまま足を進めた。

「ちょ……ちょっと、堂嶋く……」

速足で歩く琉生にぐいぐいと引っ張られ、美涼は立ち止まることも手を振りほどくこともできない。足がもつれそうになりながらも、彼についていくしかなかった。

廊下を奥へ進み、ひとつ曲った場所にある資料室のドア。先が行き止まりなので、この周辺は用事がある人間以外くることはない。

ドアを開けると、照明が点いていないので利用者がいないとわかる。琉生はそこへ美涼を押しこみ、ドアを閉めて施錠した。

「ちょっ……なに……」

いきなりこんな場所に連れてきてなんのつもりかと問い質そうとしたが、美涼がはっきりと言葉を出す前に琉生が詰め寄ってくる。

「なんの話をしていたんですか、主任と」

「な……なんの話……って……」

「楽しそうに笑い合っちゃって。なんなんです？　最低最悪で呆れ果ててたんじゃなかったんですかー？」

こんな状況であるのに、美涼はふと、琉生に不自然なものを感じた。

口調は軽いが、なんとなく無理をしているように思える。口元は上がり嘲笑の形を作っているものの、それが似合わないくらい彼の目は真剣だ。

（……どうして……無理してるの……）

そんな疑問が浮かびあがった。この不自然な感覚のせいだろうか。琉生が無理にいつもの軽さを出そうとしているように見えてしまったのだ。

「い……いろいろよ……。妹のこともあるし……」

「だーかーらーぁ、その妹ちゃんの件で、自分には一切かかわるなって約束をしたんでしょう？　一昨日あれだけ文句を言っておいて、あれってなんだったんですか」

「ちゃんと話し合えばわかりあえることだってあるでしょう。妹を想ってくれている気持ちが中途半端なものじゃないってわかったから、嬉しかっただけよ」

「ふーぅん……。それで、見直した、とか言うんですかぁ？　ずいぶんと変わり身が早いんですねぇ」

「か……変わり身って……」

美涼の中の戸惑いが苛立ちに変わり始める。詳しい事情を知りもしないで一方的につっかかられては、因縁をつけられている気分になるだけだ。

「なんの話をしていたのか聞きもしないで、他人の内情に口出ししないでよ。堂嶋君には関係のないことでしょう」

「……他人……？」

琉生の眉がピクリと動く。声のトーンに重みが出て、彼は明らかに憤りを見せ、美涼に詰め寄った。

「な、なによ……」

その迫力に押され、美涼は逃げるように後退する。しかしそのぶん琉生も詰めてくるので距離は開かない。そうしているうちに美涼は中央に置かれたテーブルにぶつかり、足が止まってしまった。

「俺の前で、あれだけ自分をさらしておいて……よくもなんの関係もないような言いかたができますね……」

「そんなこと……」

美涼は言葉に詰まる。確かに、胸を黒く覆い続けていた想いを琉生に話した。二日も続けて彼に抱かれて、信じられないくらい乱れた姿を見せてしまった。

なんの関係もない仲、では、ない……。

だが……、美涼は、琉生とつきあっているわけではない。身体の関係は持ってしまったが、他人、という言葉で不機嫌になられるのは違う気がする。

「冷たいなぁ……。ほんと、冷たいよ」

皮肉交じりの軽口。美涼の前に立った琉生は、彼女の腰を両手で持つとテーブルの上に座らせた。

「きゃっ……！」

いきなりのことに驚いた美涼は声をあげる。慌てて下りようとしたが、その前に身体を押されテーブルの上に押し倒された。

「ちょっ……、なにっ」

「関係ないとかさー、他人とか、そんな冷たい言いかたしないでよ。俺、美涼さんのことならかなりよく知ってるのにー」

両手首を掴まれ、顔の横で押さえつけられる。腰をずらしてテーブルから下りようとしたが、琉生が軽く上半身をのせてきたので身動きがとれなくなった。

目の前に迫る軽薄な顔を睨みつけてやろうとする。しかし彼の顔は視線を合わせることなく横にそれ、美涼の耳朶《じだ》を食み、チュッと吸って輪郭をなぞった。

「やっ……」

琉生の唇が耳の裏から首筋へ下りると、ぞくぞくっとした小さな震えが走る。身体を固めて肩をすくめるものの効果はなく、彼の唇は再び美涼の耳を攻めた。

「や、やだっ……ぁっ……」

厚い舌がぬるりぬるりとまんべんなく耳を這い、耳殻をくすぐる。

顔を動かして逃げることもできないまま、美涼は足を揺らし、テーブルから落ちている膝下をばたつかせた。

「ほら……イイ反応……。美涼さんって、耳もすっごく感じてくれるよね」

「バカ……、離して……」

「キスだけですごく感じるって……。そんなふうに感じたの俺が初めてだって、そう言ってくれるほど俺に気持ちを許してくれたって思ったのに……。冷たいにもほどがあるよ、ほんと」

「やめ……なさ……ぃ」

「だいたいさぁ、美涼さんって、どうしてそんなに年下が嫌いなの？　弟がうるさいから……とか、そんなくだらない理由じゃないよね」

暴れていた美涼の足が小さく震える。琉生が耳元でクスリと笑った。

「わかったぁ～。美涼さんさぁ、ハジメテが年下だったんでしょう？　で、あんまりイイ思いできなかったんだ？　だから年下が嫌いなんだ？」

話の流れと雰囲気で、彼はからかったつもりだったのだろう。けれど、その言葉は美涼の心に突き刺さった。

そのせいか身体の力が抜ける。足がおとなしくなったのをいいことに、琉生は彼女から片手を離し、太腿を撫でながらスカートをずり上げていった。

「ハジメテの男はヘタクソだったのかな？　痛くて泣いちゃった？　それとも、主任と同じで、イヤだって言ってるのに変な場所で迫ってくるような最悪な男だったの？」

彼の手はストッキング越しに内腿をじっくりと撫で、大きな手のひらが包むように足の付け根に上がってくる。

「じゃあ、主任にオフィスでヤられそうになっちゃったときも、気持ちよくなんかなかったんでしょう？」

「や、めっ……堂……嶋くっ」

やがてその手が中心部に触れ、美涼はビクッと震えた。

「イヤだったんでしょう……？　最低だと思ったんでしょう……。そうだよね、あのとき、美涼さん泣いてたよね。泣いて、『お願いだからやめて』って……。でも、主任はな

かなかやめなかったよね。……そんな、呆れてイヤになった男に、どうしてそんなふうに笑いかけてやれる⁉」

「もうやめて！」

耐えられない。美涼は押さえられていた片手を振りほどき、両手で琉生の身体を突き飛ばす。

彼女の力が抜けていたことに安心し油断していたせいか、琉生の身体は弾かれるように離れた。

美涼は素早く身を起こし、テーブルから下りようとする。しかしすぐ琉生に両肩口を摑まれ、再びテーブルに押し倒されそうになった。

彼の両腕を摑み、美涼は倒れまいと抵抗をする。

「や、やめてってば……、こんな所で……やめてよ」

「昨日も同じこと言ったよね……。車の中じゃイヤだ、って。でも、すぐにヨくなったじゃないですか。あれと同じですよ。……興奮しますよ、会社の中、っていうのも」

「バ……バカなこと……」

美涼が押し返そうとする力など、琉生にはなんの意味もないように思える。その証拠に、彼は平然と彼女の身体を押した。

なにを言っても聞いてもらえないこの状況が、まるで半年前の〝あの日〟や心の中にいつまでも影を落とし続ける出来事を思いださせる。美涼は急に悲しくなった。

「やめて……ねぇ……、や、だぁっ……」

口元は笑うように上がっていても、琉生が怒っているのがわかる。なのに、その表情はどこか悲しそうで……。

それなのに必死で……。

そんな彼を見ていると胸が痛い。

苦しくて、――切ない……。

「私がいやがることはしないって言ったじゃない！　会社では手を出さない、って……。なのに……、どうして同じことするの！」

耐えきれず叫んでしまった言葉は、声が詰まって、泣き声に近いものになっていた気がした。

そのせいなのか、それとも、美涼の言葉で自分が言ったことを思いだしたのか、琉生の力が緩みふっと手が離れる。

彼の身体を押し、美涼は今度こそテーブルから下りることに成功した。

また腕を掴まれて引き戻されるかもしれない。美涼は警戒をするように、琉生を睨みつけながら少しずつ後退する。

「ねえ……、どうしてそこまで知ってるの……」

声が震えて息が乱れるのは、今まで抵抗するのに神経を使っていたからだろうか。それとも、怒りとも悲しみとも形容できないこの感情のせいだろうか。

美涼には、今それを判断する心の余裕がない。

「半年前のこと……、どうしてそんなに詳しく知ってるの？　私が……、泣いて、やめてくれって頼んだことまで……」

琉生があの日のことを知っているとわかっても、なにかの用事でオフィスに立ち寄り、偶然その現場に遭遇《そうぐう》してしまったくらいのものだと思っていた。

美涼が国枝と恋人同士であったことを琉生は知っていたから、痴話喧嘩をしていると思い、こんな所にいてはいけないとすぐに立ち去ったのだろうと……。

はっきりと聞かなくても、そういうことなのだろうくらいの気持ちでいた。

けれど……。

「見てたの？　全部」

琉生は知っている。あれが、ただの痴話喧嘩ではなかったことを。

美涼が、泣いて抵抗するレベルのものであったことを……。

犯される一歩手前の恐怖で、本気でいやがっていたことを――。

「楽しかった……？　面白かった？　……興奮したの？　私が、恋人に犯されそうになっているところを見て……」

琉生の表情が固まる。その顔を見た美涼の瞳がじわりと涙でにじんだが、彼女は彼を睨みつけることをやめなかった。

「……好きだとか……、嘘の軽口ばっかり……。いいことばっかり言って、かっこつけて、あっちにもこっちにも手を出して……。挙句《あげく》には、女が無理やり犯《や》られそうになっているところを笑って鑑賞してたとか……。最低……、最悪だわ……」

「違っ……、美涼さん、俺は……！」

そこまで言われれば、さすがに琉生もなにか言い返そうとしたようだ。しかし美涼は彼の言葉を遮った。

「あんたの言うとおりよ。私はね、初めて抱かれた男が年下で、それもほとんどレイプ状態で、半分脅されるようにつきあって、その我が儘さ加減に呆れるくらい散々な思いをしたのよ！　だから年下は嫌いなの！」

手を伸ばしかけていた琉生の動きが止まる。美涼は彼から顔をそらし、ドアへ駆け寄って鍵を開けた。

「本人の口から理由を聞けて満足？　こんなくだらない理由で、年下は嫌いだなんて言ってるんだと思うと馬鹿らしいでしょう？　でも、間違ってなんかいない……。口ばっかりうまくて、女にだらしがなくて、生意気で、なに考えてるのかわかんなくて……。あんたみたいな年下の男、……やっぱり大嫌いなのよ！」

そう言い捨てると、美涼は資料室を飛び出した。

昼休みが終わる十分前。オフィスへ戻ってくる課員が行き来するなか、美涼はこっそりと自席へ戻った。

資料室を出たあと買い物へ行き、時間を見計らってオフィスへと戻ってきたのだ。

午前の仕事が中途半端だったので、午後の仕事に入る前に終わらせてしまいたい気持ちはあったものの、すぐにオフィスへ戻る気にはなれなかった。

ふたりきりになることはないにしても、琉生と顔を合わせるのがイヤだったのだ。

コンビニの小さな袋をデスクの上に置き、チラリと琉生のデスクへ視線を流す。そこに彼の姿はなく、デスクの上も午前中のままだ。

松宮もいないようなので、一緒に食事にでも出たのかもしれない。

――違っ……、美涼さん、俺は……!

美涼に責められ、なにかを言い返そうとした琉生を思いだす。

真面目な顔で、彼はなにかを美涼に訴えようとした。しかし悲しさと憤りで胸がいっぱいだった美涼は、琉生の話を聞いてあげることができなかった。

……ショックだったのだ。

（なにが……？）

美涼は自分に問いかける。感情ばかりが先行して、自分がどうしてあんなにも悲しくなったのかが理解できていない。

美涼がいやがることはしないと言っていた琉生が、自分の感情でそれを無視しようとしたことに対してだったのか……。

──違う……。

半年前の、あの現場を、彼が黙って見ていたという事実だ……。

琉生はずっと美涼を見ていたと言った。千明にさえ隠していた国枝との仲を知っていたのだから、いつも気にかけて美涼を見ていたというのは嘘ではないだろう。

それならなぜ。気にかけている女性が恋人に暴力をふるわれている現場に遭遇して、黙って見過ごすことができたのだろう。

相手の男が上司だから。

琉生がそのくらいでひるむ性格ではないことは、永美の一件で分かっている。

その場の勢いも手伝って、美涼は琉生をひどくなじってしまった。乱暴されそうになる姿を見て楽しかったのか、興奮したのか、と。考えてみれば、彼の人間性を疑うようなひどい言葉だ。

彼なら、あのとき止めに入ってくれてもおかしくはない。それをしなかったのは、なにか理由があるのではないか。止めに入れなかった事情が……。

──琉生の行動を、なんとか正当化しようとしている自分に気づく。

美涼の心は、新たな苛立ちを思い起こすことで戸惑いを打ち消した。

(主任と話していたところを見て怒ったのって、やきもちでしょう？　私には、やきもちなんか焼いたら駄目だ、とかカッコつけといて……。なんなのよ)

経理課の女性とのことを思いだす。琉生自身だって、同じような嫉妬の感情を表しているではないか。

（やっぱり、自分勝手なだけじゃない）

気持ちは沈むばかり。もう過去のことにしなくてはならない半年前のことや、心の奥底で嫌っていた過去のいやな思い出まで蒸し返され、よけいに気持ちが落ち着かない。

（こんな思いをするのも、全部堂嶋君のせいだ！）

イライラの責任をすべて琉生に押しつけ、美涼は彼の代わりにコンビニ袋を睨みつけた。

「琉生君ならお昼に行ってますよ」

いきなりその名前が耳に入り、美涼はビクッとする。声がした背後を振り返ると、永美が目をぱちくりとさせて立っていた。

「す、すみません……、なんか、驚かせちゃいました？」

「あ……ううん。考え事してて……急に声がかかったから……。大丈夫よ」

「そうですか。なんか、ずっと琉生君の席のほうを見てたような気がして。なにか用でもあったのかなって思って」

「うん……ほら、課長もいないし、一緒にお昼に行ったのかなって」

「あっ、それ当たりです。美涼さんが買い物に行ってるとき、課長にくっついていきました。お昼を食べてから、そのまま得意先に行くとかで……」

「そ、そう……、なんだか課長に引っ張り回されてヒィヒィ言ってそうね」

美涼は引き攣る口元を意識して上げ、笑いを繕う。コンビニ袋から個包装された小さな四角いチョコレートを取り、永美に差し出した。

「わぁ、ありがとうございまーす。あっ、この、ビスケットが真ん中に入ったチョコレート、琉生君も好きなんですよ」

美涼は話をそらすつもりでチョコを出したのだが、あまり効果はなかったようだ。永美はその場で包みを開き、「いただきます」と口に入れた。

「そういえば……、琉生君、自分からついて行ったみたいですから……、引っ張り回されてるのとは違う……ひゃもっ……」

チョコを口の中で転がしながら話していたせいで、それが落ちそうになったのかもしれない。永美はおかしな声をあげ、慌てて片手で口を押さえた。

「ふぅん。働き者じゃない。自分から課長について回るなんて。生意気」

つい話にのってしまう。永美は口を押さえたままチョコを咀嚼《そしゃく》し、ちょうどよいところで言葉を出した。

「頑張り屋さんなんですよ。追いつきたい、って言ってたし」

「追いつきたい？　目標にしている人でもいるの？　そんなふうに見えないけど」

美涼は何気なく聞き返す。チョコを飲みこんだ永美が、一瞬の沈黙のあと、なぜかにやりと笑った。

「聞きたいですか？」

「え……。い、いや……っていうか……別に……」

今の反応はなんだろう。ちょっと戸惑いつつ、もうひとつチョコを渡す。

美涼としては、永美が好きだと言ったから渡したのだが、彼女は情報料かなにかと勘違いしたようだ。チョコを片手にはりきって話しだした。

「琉生君、五歳年上の従兄がいるんですけど、『自分の目標なんだ』って言ってるのを、大学のときに聞いたことがありますよ」

「従兄？」

ふと思いだしたのは、琉生が乗っていた高級車を従兄が譲ってくれたのだという話だ。一千万円台の車をポンッと譲ってくれるような従兄なら、普通のサラリーマンなどではないのだろう。

（お医者さんとか、弁護士とか……？）

しかし、どれだけ立派な人物かは知らないが、職種の違う人を仕事の目標などにしても仕方がないのではないのか。

どうせなら、松宮あたりの上司を目標にするのがちょうどいいような気がする。

「仕事ができるようになって、美涼さんに認めてもらいたいって言っていたこともあるんですよ」

「え？」

「入社したころですけど。仕事ができるようにならないと、名前も覚えてもらえないな、って必死になっていたことがあって」

「なぁに、それ。私、そんなに後輩に冷たい人に見られてた？」

「そうじゃないです。美涼さんは、男の子たちから見ても、仕事ができる先輩、っていうイメージだったんですよ。だから琉生君、自分は新人だから、そんな先輩にも頼ってもらえるくらいの男になりたいって意味だったんだと思いますよ」

美涼は返す言葉を失う。仕事が始まる時間だと気づき、永美は「チョコ、ありがとうございます」と言ってその場から立ち去った。

彼女を目で追っていると、永美は琉生のデスクで立ち止まり、なにかメモを書いて、美涼にもらったチョコを置く。

メモには〝美涼さんから差し入れです〟とでも書いたのだろうか。琉生が好きなチョコだと言ったあとに渡したので、永美は、美涼が琉生用にもくれたのだと思ったのかもしれない。

勘違いとはいえ、改めて、同期ふたりの仲のよさを羨ましく思う。

いや、永美だけではないのだろう。話を聞く限り、琉生には親しい友人や彼を慕《した》っている知人がたくさんいる。

それは、学生時代をとおして、彼が当たり障りなく嫌みのない、どんな愚痴や悩みも聞いてくれて相談にのってくれる、いい人、だから。

（……わからない……）

美涼は喉の奥が詰まるような息苦しさを感じる。答えを出したいのに、答えが見つからない。

今週に入ってから、ずっと、同じ言葉が自分の中で回っているような気がするのだ。

琉生の本質は、いったいどこにあるのか、と……。

――朝から遅れ気味だった仕事は、考え事のせいでさらに遅れ、当然のように美涼は残業になってしまった。

午前中は、帰りが遅くなればまた美緒に誤解をされると焦っていたが、もうその心配もない。

それは、定時から間もなくして国枝が帰り支度を始めたことでわかる。

昼に電話をしてもらったあとから、国枝はずっと機嫌がいい。聞いてはいないが、おそらく話は上手くついたのだろう。

そのことだけにホッとしつつ、美涼が仕事を終えてオフィスを出たのは終業時刻から一時間を過ぎたころだった。

気分がすっきりとしないまま、ひとりエレベーターの中で大きなため息をつく。一階に到着し、下を向いたままエレベーターを出ると、片方の肩をポンッと叩かれた。

「ご苦労さん。気をつけて帰るんだぞ」

威勢のいい声。すぐ松宮だとわかる。美涼はハッと足を止め、顔を上げた。

「あっ、お疲れ様でした……」

昼に会社を出たきり、松宮は戻っていなかった。この時間に帰社とは、ずいぶんと忙しく動いていたようだ。

しかし同時に、松宮と一緒に立つ琉生と目が合った。そこで、彼も松宮に同行していたのだということを思いだし息を呑む。

美涼はすぐに目をそらす。しっかり見たわけではないが、彼がなにか話しかけたそうな顔をした気がしたのだ。

「仕事熱心なやつと同行すると、なかなか帰れねーな、おい」

威勢よく笑いながら、松宮がエレベーターに乗る気配がする。当然琉生も一緒に行くだろうと思い、美涼は背を向けて歩きだした。

「待ってください！」

しかし、数歩進んだところで美涼の足は止まる。引き止める言葉と共に、琉生が彼女の腕を摑んだのだ。

「美涼さん……、話を……させてくれませんか……」

琉生の声は真剣だ。ふざける様子が一切感じられない。それだけで、彼がどれだけ必死になっているかがわかった。

美涼は琉生を振り返らないまま口を開く。

「……なんの、話をするの……」

「昼間の話……、蒸し返すようですけど……俺は……」

「君の言葉なんか、信じられない」

静かにそう言い放ち、美涼は琉生を振り返る。

目を見開く彼を見て、そのまま感情のない声を出した。

「君が……わからない……」

「美涼さん……」

「私が見て知っている堂嶋君と、永美ちゃんが話してくれる学生時代の堂嶋君が重ならないの。……どっちが……、本当の君なの？」

美涼を見つめたまま、琉生は彼女の手を放す。なにかを言おうとしたのか唇が動きかけたが、ためらうようにすぐ閉じてしまった。

なにも言おうとしない琉生を悲しく思いながら、美涼だけが、思うままに言葉を投げる。

「堂嶋君は、自分に自信を持っているって言った。でも、自分に自信がある人は、本当の自分を隠したりしないよね。……無理して本来の姿とは違う自分を、作ったりしないよね……」

琉生は黙って美涼を見つめている。その目はとても真剣だ。

――こんな目をする彼が真実を語ってくれたなら……どんなにいいだろう。

きっと、とても嬉しい……。

そう思った瞬間、美涼は胸が締めつけられるように苦しくなった。

「自分を隠している人の言葉なんて……、どうして信じられる？　なにを信じろって？」

言葉を発しない琉生に背を向け、美涼は早足でエントランスを歩きだす。

彼女を引き止め、あの真剣な目で嘘偽りのない言葉をくれることを期待するが、それは美涼の願望に終わる。

心が冷たくなるのを感じながら、美涼はひとり会社を出たのだった。


身体の芯から寒さを感じるのは、秋の夜風が冷たいせいだろうか。

それとも、気持ちの問題だろうか。

そんなことをぼんやりと考えながら、美涼は腕をさすった。

気持ちが沈んでいることもあって、いつもより歩調はゆるやかだ。それでもずっと考え事をしていたせいか、気がつけばいつの間にか家の近くまで来ていた。

門の前で立ち止まると、昨夜、琉生に送ってもらったときのことを思いだす。

何気なく手を振った美涼に、とても嬉しそうな笑顔で手を振り返してきた彼。

あの笑顔は本当の彼なのだろうか。美涼がやることを見て喜んでくれる琉生は、彼の本質なのだろうか……。

ふと、彼の腕に抱かれた温かな感触がよみがえる。冷えた身体が一瞬温まる錯覚に襲われるが、すぐに美涼は現実を思いだした。

琉生は、美涼を温めたその身体で、あのあと他の女のもとへ行ったのだ……。

「わかんない……」

ぽつりと、呟きが漏れた。

「わかんない……。馬鹿……」

そして、こんなことで辛くなっている自分が、もっとわからない。

立ち止まっていたら泣いてしまいそうだ。美涼は無理やり足を進め、門の中へ入る。

考え事のせいで食欲もない。今夜はお風呂に入ってすぐに寝てしまおう。そう決めて、美涼は玄関のドアを開けた。

「ただい……」

「やだなぁ、マジだってばー。もーぉ、疑い深いなぁ」

いきなり耳に飛び込むチャラい口調。条件反射でキッと眉を寄せ廊下の奥を睨みつけると、そこでは弟の涼輔が電話の最中だ。

「なに言ってんの。他に誘ってるわけないってば。おれ、そんなことしないよー。真由ちゃんだけだって。信じてよ」

電話の相手は同じ大学の女の子だろう。デートの約束なのか、口調は軽いが必死なのが見て伝わってくる。

「ホントだよーっ。あっ、いっつもそんなんだから信用できないとか、ひどいなぁ。ねっ？　明日。約束だよ？　他の男とどっか行っちゃったら駄目だよ」

他の女にはよそ見をしないだの、他の男の誘いにのるなだの、チャラい男は言うことが同じだ。苦笑いをしつつ、美涼はため息をついて靴を脱ぐ。

「明日迎えに行くよ。待ってて。嬉しいなぁ、真由《まゆ》ちゃんとふたりっきりだ。……あははーっ、ほんとだってばー」

デートの約束はしたが、女の子のほうは涼輔の「嬉しい」を本気にしてないらしい。こんな態度で接していれば、本気にしてもらえないのは当たり前だ。美涼はなんとなく自分の立場と重ねてしまい、もやもやしてきた。

リビングのドアを開け、着替えたらすぐお風呂に入ると母親に声をかける。二階へ上がろうとしたとき、電話を終えた涼輔が近寄ってきた。

「姉貴、姉貴っ」

「なによ。うるさいわね」

「なに怒ってんだよ。……美緒のことなんだけどさ」

階段を上がる足が止まる。美涼が顔を向けると、涼輔は嬉しそうに話しだした。

「なんかさ、すっげー嬉しそうに出かけていったぜ。あれ、絶対デートだよな？」

「嬉しそうに……」

間違いなく国枝に会いに行ったのだろう。上手く話がついたようだと察しはついていたが、美涼は改めてホッとした。

「にこにこしてさ。かわいかったぞー。まあ、おれの妹がかわいくないはずがないんだけどさ」

涼輔の自慢口調を聞いて、クスリと笑みが漏れる。すると彼は照れ笑いをして、美涼の肩をポンッと叩いた。

「おねーちゃんも美人ですよー。昔っからおれの自慢だもんなー」

「なによ、ずいぶん口が上手いじゃない。デートの約束ができてご機嫌なの？」

「まーねぇ」

ハハハと笑ってごまかそうとするが、涼輔は素直にご機嫌だ。——なんとなく嬉しそうに笑ったときの琉生と雰囲気が重なり、ドキリとした。

「……本命、っていうかさ、ずっと気にしてた人でさ。同じ四年だけど、彼女、一年浪人してるからひとつ年上なんだ……。やっと、……その……、デートのＯＫもらったから、……なんか、嬉しくて」

照れくさい。でも嬉しくて誰かに言わずにはいられない。そんな空気が伝わってくる。いつも生意気な面ばかりを見せる弟ではあるが、美涼はそこに、単純な男のかわいらしさを感じてしまった。

「……その顔……。まんま、彼女に見せてやればいいのに……」

「顔？」

「誘いをＯＫしてくれて嬉しかった、って。今の顔で言ってあげなよ。いつものチャラい顔じゃなくてさ。彼女、絶対に惚れるよ」

「な……なんだよ、姉貴……。いきなり……」

優しい声で施《ほどこ》される姉からのアドバイスに、涼輔は戸惑う。美涼は弟の頭をポンポンッと手のひらで叩くように撫でた。

「涼輔ってさ、普段は姉妹思いでバイトも大学も真面目でいい男なのに、そうやって大学の女の子と話してるときとかすっごくチャラくなるでしょう？　どうしてなのかな、って、よく思ってた。無理しないほうがいいのに、って」

「無理っていうか……」

いつもなら、頭を撫でたりすれば「なんだよ、幼稚園児みたいだろ。やめろよ」と文句のひとつも出てきただろう。

いつにない姉の様子に、涼輔もなんとなくすぐったくなってしまったようだ。照れくさそうに頭を掻いて、話し始めた。

「なんか……、自信がなくてさ……。だから、わざとテンション高くして自分を作る、っていうか……」

「自信がない、って……？」

「なんかさ、普段のおれって、すっごく普通でつまんないやつなんじゃないかって思うんだ。特に変わったところもなくて、取り柄《え》もなくて……」

「そんなことないよ。涼輔は……」

「彼女に声をかけるのに、自信が欲しくて……、自分を少しでも大きく見せて目立たせたくて、気がついたら、アクションばっか大きくなってた。でも、こんな感じのおれでいると、彼女も〝しょうがないなぁ〟って苦笑いしつつも話につきあってくれるから……。こんな自分が定着して……」

涼輔の話を聞きながら、美涼はそこに違う影を重ねていた。

どうしても重なってしまうのは、琉生の姿。

彼は、自分に自信を持っていると言っていた。けれど、本当にそうだろうか。

──もしかしたら……自信を持ちたいから……。

「軽くて積極的な自分が定着すると、本来のつまんない自分に戻せなくなる。だってさ、彼女はおれが積極的になるから話にもつきあってくれるんだろうし。そう思うと、……つい、さ……」

普段はそうでもないのに、電話で話しているときだけは特にうるさかった弟。それは、好きな女性の気を惹こうと、自分を盛り上げるための精一杯。

こんな話、数日前の美涼なら鼻で笑ったかもしれない。男らしくない、と。

けれど、今は笑えない。それどころか、自分を作ってでも好きな女性に近づきたかった涼輔の懸命さに、胸が詰まる。

それが、どうしても琉生に重なってしまう。

「作る必要なんて、ないよ……」

苦しい……。胸が痛い……。

涼輔の話を聞いているだけなのに。それが自分のことのように切なくなっていく。

「自分を見せてくれない人に『好きだ』って言われたって、不安なだけだから……」

美涼は涼輔のひたいを手のひらでぺちっと叩き、「頑張れ」と笑いかけてから、早足で階段を上がった。

自室に入り、ドアを後ろ手に閉めてそのまま寄りかかる。顔を上げ、キュッと下唇を噛んだ。

――好きです……。

一度だけ、琉生がくれた告白。

ただの冗談だと馬鹿にしながら、どういうつもりで口にしたのかと、彼の真意を知りたがる自分がいた。

今の琉生には、永美が話してくれたような学生時代の面影はない。

――ないように見える。

けれど、この数日間で、美涼はふとした瞬間に見える琉生のいろいろな顔を見てきた。

チャラくて生意気な後輩。……だけではない、顔。

真面目で、優しくて、温かくて……一途で……。

堪らなく、情熱的で……。

もしも……。

もしも、琉生のあの態度が、自分に自信を持つための強がりなのだとしたら。

「どうして、そんなに、自分を作ってるの……？」

そんな必要なんかないのに。

琉生は、誰の目から見ても綺麗な顔をしているし、全体的な容姿を見ても、コンプレックスを持つ必要はない。

永美に聞いたところでは、同期や仲間内での信用もあり、頼られる存在であるようだ。仕事もできる。もはや松宮が目をかけているくらいだ。上司からも期待をされているということだろう。

経理の女性の件を考えれば、女癖が悪いのかもしれないという疑問は残るところだが、人懐こいぶん女性には好かれやすいだろう。

きっと、あんなチャラい態度をとらなくても、彼には特別劣っている要素などはない。

「……自信……」

学生時代の彼が、今の彼の本質でもあるのなら、琉生は、なにに自信を持ちたかったというのだろう。

美涼はひたいを押さえ、目を閉じる。とんでもない自惚れが頭に浮かび、胸が苦しくなったのだ。

ずっと、美涼を見つめていたという琉生。

入社して一ヶ月を過ぎるころから、雰囲気が変わったという彼。

それが、もしそれが、自分に自信を持とうとするゆえのことだとしたら。

——好きです……。

琉生の言葉が耳によみがえる。囁かれたときの吐息までが記憶の中で再現される。

ドアに寄りかかったまま、美涼は背を滑らせ、その場に座り込んだ。

「まさか……それ……」

琉生が自信を持ちたかった相手は、美涼ではないのか。

男性としての魅力は充分に持ち合わせている彼が、たったひとつ、欲しかった自信とは……。

それは、当時、恋人がいた美涼を、それでもいいからと想い続ける勇気と、想い続けても大丈夫だという自信。

彼の中にある本質だけでは、恋人がいる女性に想いを寄せ続けることになど耐えられない。情に篤《あつ》く、優しく穏やかな性格に、それはあまりにも罪深い感情だ。

だから彼は、自分を作るしかなかった。

美涼を、想い続けるために……。

「これだから年下は……。馬鹿なことばっかりして……」

文句を呟く声が震える。

美涼は、そのまま膝をかかえ……涙をこらえた……。

＊　＊　＊

「すみません。お先に」

定時から二時間後。企画書とのにらめっこがまだしばらく終わりそうにない先輩にひと声かけ、琉生は席を立つ。

「悪いことしないで帰れよ」

パソコンの画面を見たままからかってくる先輩の言葉を笑ってかわし、オフィスを出た琉生は小さな溜息をついた。

「……悪いことしすぎて……嫌われたみたいですよ……」

重く呟きながらズボンのポケットを探る。そこに入っていたものを取り出すと、立ち止まってしばらく眺めた。

個包装された四角い小さなチョコレート。帰社したとき、琉生のデスクに置かれていたものだ。

添えられていたメモには、永美の字で〈美涼さんにもらいました。琉生君のぶんだよ〉と書かれていた。

美涼が「堂嶋君に」と言ってくれるはずはない。永美がもらって、それを置いてくれたのだろう。メモの最後に、小さく〈よかったね〉と書かれていたのを思いだし、ちょっと照れくさくなった。

永美は、琉生が美涼のことを好きだと知っている。昔から恋愛関係には勘《かん》の働く女性だった。

ただ、自分のこととなると鈍《にぶ》く、今の恋人とつきあう前もいろいろと考えすぎてずいぶんと悩んでいた。

その恋人との橋渡《はしわた》しをしたのが、琉生だったのだ。

永美は、そのときのことをとても感謝してくれている。美涼を指導役に引っ張ってくることに成功してからは、なにかと気にしてあいだに入ってくれているような気がしていた。きっと恩返しのつもりに違いない。

「義理堅いな……」

呟く口調に申し訳なさがにじんだ。永美の気遣いも、無駄になってしまいそうだと自分で感じるのである。

美涼は、許してくれないだろう。

あの日、彼女を見捨てた……琉生を。

「おっ、帰るのか？　ごくろーさんっ」

威勢のいいねぎらいが飛んでくる。顔を向けると、思ったとおり松宮の姿が目に入った。

琉生はチョコレートをズボンのポケットに入れて、「課長も、お疲れ様です」と声をかける。近寄ってきた松宮が足を止め、琉生の肩をポンッと叩いた。

「今日は一日中動き回ってたようなもんだからな。ゆっくり休めよ。来週は、また忙しいからな」

「はい。課長は、まだ……？」

「ああ、もう少しやったら帰る」

「お疲れ様です。お先ですみません」

「休まず真面目に残業していた堂嶋と違って、俺は今一服してきたからな。そのぶん働くさ」

ハハハと笑う松宮からは、煙草の香りが漂ってくる。エントランスの喫煙所へ行っていたのだろう。

いつもの調子ならば、雰囲気にのって「タバコやめましょうよー。トシ考えましょう」とでも軽く言っていたかもしれない。けれど今は、そんな気になれなかった。

松宮も琉生の様子を感じ取ったか、笑うのをやめ、彼の肩をポンポンッと叩く。

「なんか……、彼女の気に障ることでもしたのか？」

「え？」

「……倉田の、あんな泣きそうな顔は初めて見た。一ヶ月前だって、落ち込んではいたがあんな顔はしていなかった」

松宮の口調が真面目なものに変わり、琉生は表情を引き締める。松宮は、帰社したときに見た美涼の様子について言っているのだ。

あのときの雰囲気から、他人が干渉《かんしょう》すべきことではないと悟ったのか、松宮は先にオフィスへと戻っていた。しかし必死になって美涼を引き止めていた琉生と、彼に目を向けた美涼の表情だけはしっかりと見ていたようだ。

「気に障る……どころか、堂嶋は倉田の心配ばかりしてるのに。……倉田は、そんなこと知らないんだろう？」

「知ってもらおうとは……思っていませんから……」

「一ヶ月前、様子がおかしかった倉田を、俺の下につけてくれって頼んできたのも堂嶋だったたな。倉田は、いつ辞表を持ってきてもおかしくないくらい元気がなかったのに、堂嶋の言うとおりに配置換えをしたらすぐ元気になって……。安心したな、あのときは」

「はい……。課長には、感謝しています」

美涼の様子がおかしかったことに、松宮も上司として気づいてはいた。琉生の要請を受け美涼の仕事内容の流れを変えた松宮は、プライベートには一切干渉せず、普通に接し、考え事などする間もないほど仕事を与えた。

すぐに美涼は、以前までの調子を取り戻したのである。立ち直った彼女は、松宮のおかげだと思っていることだろう。

しかしそれは、琉生が美涼を見つめ続けていた成果のひとつだったのだ。

「俺は普通どおり部下に仕事をさせているだけだ。むしろ、堂嶋は感謝するほうじゃなくて、倉田に感謝されるほうだろう」

「……無理ですよ……。そんな……」

「倉田は、どうも堂嶋のことを誤解しているように思うんだよな。一度、じっくり話でもしてみたらどうだ」

「そうですね……」

くだろう。

返事はするものの、それは不可能だと琉生は思う。声をかけただけで、美涼は逃げてい

琉生は深々と松宮に頭を下げた。

「すみません、課長。気を煩わせてしまって」

「別に煩わしくなんて思ってないって。……おまえにはお手本も近くにいることだし、仕事でどうしても上手くいかないことがあれば、あの人に相談してみるのも手だぞ」

上げかけた頭がピクリと止まる。琉生は耐えるように両手をグッと握りしめ、ゆっくりと顔を上げた。

「はい……。どうにもできないときは、頼ってみます」

「おぅ、そうしてやれ。あそこは夫婦そろって他人の世話をやくのが大好きだからな」

軽く手を上げ、笑いながら松宮がオフィスへ向かって歩いていく。その姿を少し見送り、琉生もエレベーターホールへと向かった。

「お手本……か……」

呟く琉生の脳裏に、ぼんやりと浮かび上がるもの。

それは、弾けそうなくらいに詰めこまれ続けた、自分に対する期待と願望。

『琉生、兄さんのところの正貴君、国立に合格したらしいぞ』

『留学の予定もあるんですって。凄いわね。琉生も同じように追いかけなくちゃね。立派なお手本が従兄だなんて、幸せよ』

コピーのように、前に立つ従兄と同じことをさせられ、手本をなぞるように、彼を追いかけさせられた……。

五歳年上の従兄は、学業優秀で人柄もいい。誰からも好かれ、頼られる。そんな男性だ。

その点は琉生も同じだった。学校の勉強は常にトップグループ。柔らかな性格は敵を作らない。はたから見ればパーフェクトであるはず。

だが……。

『せっかく本社採用で、まずは人事部にって言ってもらったのに、どうして営業部希望なんて出したんだ。推《お》してくれた正貴君に申し訳ないと思わないのか』

『留学はしないで仕事がしたいって言うから、正貴さんにあなたのことお願いしたのに。お義兄さんや正貴さんに申し訳がないわ』

琉生自身は……自分に自信が持てないまま成長した。

どんなに先生に褒められようと。

どんなに友人たちに感謝されようと。

常に自分の目の前を歩く従兄は、いつも完璧で、どんなに頑張っても自分はそこに追いつけない。

——自分は、上辺《うわべ》だけの駄目な人間だ……。誰かの期待になんて、応えられない……。

そんな惨めな感情が、ずっと彼の中に定着していたのだ。

しかし、あれは入社前の合同研修会の日……。

『駄目な人なんて、いないから』

本社、各部署の先輩たちが行っていたスピーチの中で、その言葉が耳に響いた。

『自分が〝駄目だ〟と思ったら、本当に駄目になっちゃいますから。周囲が諦めても、自分だけは、自分を信じて自信を持ちましょう。そんな自信を持てる人になってください』

営業部の女性だった。彼女は、仕事に関しての話をしていたのだと思う。仕事で壁にあたることは幾度《いくど》もあれど、諦めずに自信を持って進めていけと。

けれど琉生には、それが、自分に向けられた言葉のように聞こえた。

できるのが当然。なんでもできて頼れる人。そんなイメージの中で生きてきた琉生は、自信を持てと叱咤激励されたことがなかったのだ。

よい意味でショックを受けた琉生は、彼女のそばで仕事がしたいと切願した。

――その女性が、美涼だったのである。

あのとき、両親に逆らってでも自分の頼みを聞いてほしくて、初めて従兄に頭を下げた。営業課に行きたい。営業課でしっかりと取引を学んで自分を試したい、だから口添えしてほしいと。

優しい従兄は、もちろん願いを聞いてくれた。それどころか、不満を漏らす琉生の両親の説得までしてくれたのだ。

琉生は、美涼が所属する営業一課に配属された。

そこで彼は、美涼のまっすぐな明るさと、気取らず媚《こ》びない姿勢。そして仕事に対する真面目さに触れ……。

一緒に仕事をしたいという憧れは、いつしか彼女を見つめていたいという好意に変わったのだ。

こんなにも、ひとりの女性が気になり惹かれたのは初めてだ。

こういう場合はどうしたらいい。気持ちを口に出して彼女に伝えるべきか。

琉生は迷う。好きならば伝えるべき。今まで友だちの恋の相談にのったときも、そんなアドバイスをしてきた。

なのに、自分のこととなると勇気が出ない。

……自信が、ないのだ……。

自分に自信が持てない。自分のように周囲の期待に応えられないような半端な人間が、彼女に気持ちを伝えて迷惑になりはしないか。

そんなことばかりを考えた。

配属されて一ヶ月。新入社員歓迎会の日、琉生は真実という壁に突き当たる。

かすかに疑いはあったが、信じたくはなかったこと。美涼に、恋人がいるという事実。

間接的に知ってしまったそれは、告白もできず事実だけを知って落ち込む自分を、より惨めにさせた。

美涼の恋人が国枝であることは、すぐにわかった。本当に好きなら、彼女の幸せを願うなら、美涼のことはきっぱりと諦めこの感情をフェードアウトさせること。それが自分を傷つけないための手段。

しかし、美涼を見つめれば見つめるほど、彼女を近く感じれば感じるほど、想いは募るばかりだったのだ。

――彼女を、好きでいたい。

心から切望した彼は、恋人がいる女性を好きでいても罪悪感を生まない自分を作り出すことにした。

違う、自分を……。

これは自分ではないと思えば、軽い調子で話しかけることができる。そんな琉生に、美涼も普通に接してくれる。ときに眉をひそめ、ときに苦笑しながらでも。

それでよかった。彼女を、好きでいられるなら――。

駐車場で自分の車に乗りこんだ琉生は、シートに寄りかかる。エンジンをかけようともしないままため息をついた。

「……かっこつけやがって……」

悪態は、自分に向けたもの。

なにが、彼女を好きでいたかった、なのだろう。なにが、彼女を好きでいられたならそれでいい、なのだろう。

自分は、そんな生ぬるいことを言う意気地のなさと見せかけの自信で、美涼を最大に傷つけたではないか。

琉生は両手で顔を押さえ、目を閉じる。脳裏に浮かぶのは、夢にまで見てうなされた、思いだしたくもない失態。

半年前のあの日、持ち帰ろうと思っていた書類を会社に忘れ、取りに行ったオフィスで偶然目にしてしまった、国枝と美涼の痴態。

美涼はデスクに押さえつけられ、荒々しく衣服を剝《は》がされていた。

机や椅子が激しく音をたてるほど抵抗をしていた彼女。必死になるあまりわずかな抵抗の言葉しか出せず、口をふさごうとする手から逃れるために激しく首を振って……。

悲しそうな呻き声が琉生の耳に大きく響いていた。

美涼を助けなければ。咄嗟にそう思った。しかしオフィスに踏み込もうとした琉生の足は動かない。

……彼女は、本気でいやがっている。このまま国枝が彼女への暴力を行使してしまえば、きっと美涼は国枝を許さない。彼女はそういう女性だ。

このまま放っておけば……ふたりは別れる……。

オフィスに入ることなく、壁に背をつけて耳をふさぎ、琉生は吐き気がするほどおぞましい考えと戦った。

このまま放っておけば……。

別れてしまえば……。

――自分は、美涼を手に入れることができるかもしれない……。

「……ごめん……」

琉生は両手で顔を摑むように押さえ、苦しげな声を出す。

「ごめん……みすずさん……、ごめん……」

自分は、あの状況を利用したのだ。

ふたりが別れてしまえばいい。そうすれば……。

そんな、卑劣《ひれつ》な誘惑に負けた。

美涼が傷つくことはわかっているのに。自分の願望を、優先させてしまった。

それを知った美涼が琉生を蔑むのは当たり前。彼を信用しないのは当然だ。

スマホの着信音が鳴る。琉生は表示される相手の名前をチラリと見てから応答した。

『もしもし、琉生君？』

爽やかで人当たりのいい声。しかしこの声の主は、ずっと琉生にコンプレックスを持たせてきた。

『松宮さんに聞いたよ。残業だったんだってね。ご苦労様』

「……正貴さん……」

『ん？』

「……俺……、貴方《あなた》のようには、なれません……」

『琉生君……？』

琉生の声が震える。嗚咽につぶされそうになりながら、彼は言葉を絞りだした。

「貴方の、ようには……」

美涼の笑顔が脳裏に浮かぶ。照れくさそうな顔。ちょっと怒った顔。——泣くのを、耐えている顔……。

（ごめん……美涼さん……。ごめん……）

琉生は心の中で美涼に謝り続けた。そして、自分を責め続ける。

（俺は……こんな最低な男です……）

脳裏に浮かぶ彼女が悲しげに笑ったような、そんな、気がした……。

第五章　年下は…大好きです！

この土日、美涼自身の心は沈んでいたが、周囲に漂う空気はとても明るいものだった。

美緒の誤解がとけたのも、よいことのひとつ。

彼女は国枝と会えないことから感じていた苛立ちを、八つ当たりという形で美涼にぶつけてしまったらしい。

普段から仕事が忙しい父親や美涼を、一生懸命理解しようとしていた美緒。国枝の仕事が忙しいのだと理解すれば理解するほど、本人には会いたくても会いたいと言えなくなる。

募る一方の寂しさを、彼女は不満をぶつけてもそれを受け止めてくれる人にぶつけてしまった。

優しくしてもらえる。美涼には我が儘を言っても怒られない。この八つ当たりは、そんな甘えた気持ちから起きたものだったのだろう。

そのことを、美緒は美涼に懸命に詫《わ》びた。

また、涼輔もデートが上手くいったようだ。土曜日に続けて日曜日も出かけていった。

涼輔は就職の内定をもらっているのでいいとしても、彼女だって四年生だ。嬉しさのあまり就職活動で忙しい彼女を振り回しているのではないか。

そんな心配もあったが、彼女のほうも大学院へ進むことが決まっているらしい。

今度は電話の声ではなく、惚気《のろけ》がうるさくなるかもしれない。美涼はそう覚悟しながらも、沈んでいた気持ちを明るくしてもらったような気がした。

身内の心配事が片づいていくのはいいのだが、美涼が一番気にしているのは琉生の件だ。

明日の月曜日。彼に会ったらどう接すればよいだろう……。

あれだけ突き放しておいて気まずいが、やはり琉生の話をちゃんと聞いてあげるべきだろうか。

半年前の件だって、言いたいことがあるのだろう……。

(どうしよう……。やっぱり、私から声をかけたほうがいいよね……)

日曜の夜。就寝前だというのに気持ちがそわそわとして落ち着かない。

そんなとき千明から電話が入った。美涼はスマホを片手に応答しながら、ベッドの端に腰を下ろす。

『ちょっと、美涼。びっくりしたよー。どうなんだろう、あれって』

「いきなりそんなこと言われても、なにがなんだかわかんないじゃない」

『喧嘩よ喧嘩っ。傷害事件』

「は？」

『さっき友だちと飲んでた店で、いきなり大きな音がしてびっくりして。なにかと思って見てみたら喧嘩らしくてさ。殴られた男の人が、鼻と口から血を出して倒れてたのよ。で、喧嘩の相手が堂嶋君だったの』

美涼は耳を疑う。スマホを握る手に冷や汗が滲んだ。

話の感じからすると、喧嘩の末に琉生が相手に怪我をさせたということなのだろう。

「け……喧嘩って……、どうして？　だって、堂嶋君って、そんな喧嘩なんかして暴力をふるうタイプじゃないでしょう」

動揺するあまり、美涼はそわそわと身体を動かし何度もベッドに座り直す。それでも、声はなんとか平静を保った。

『なにがあったのか、よくはわかんないんだよね。殴られた人と一緒に、すぐ店の奥に連れて行かれちゃって。でも、もっと驚くのが一緒にいた人』

「堂嶋君、誰かと一緒にいたの？」

『うん。殴られたほうにもいた。女の人なんだけど、あの人、うちの会社の経理課の人だと思う。ほら、経理課にさ、ちょっと化粧が濃いけど綺麗な女性がいるじゃない。……波多野さん……っていったっけ？』

美涼の脳裏に浮かんだのは例の女性だ。彼女が男性と飲んでいたところに、琉生がやってきたのだろうか。

『で、もっと驚いたのが堂嶋君と一緒にいた人』

「誰だったの？」

聞きたいような聞きたくないような。もしや知っている女性なのでは。そう考えると不安でドキドキする。

『副社長』

「は？」

『本社の副社長よ。いや、堂嶋君と一緒だったのか偶然店にいたのかは知らないんだけど。副社長も店の奥へ入っていったから、堂嶋君と一緒だったのかなって』

「見間違いじゃないの？　副社長が堂嶋君と一緒に飲みに行くとか、考えられないし。……だいたい副社長の顔なんて、千明ははっきり覚えてる？」

『思いだしてみろって言われたら、三十歳手前のメガネかけた綺麗なイケメン、ってくらいしか思いつかないんだけど。でもね、実物見ると、あっ、この人だ、ってわかるよ。結構印象的な人だもん』

「……そうかもしれないけど……」

『とにかく、なんか驚くしかない人たちの驚くべき場面に遭遇しちゃった感じで、なんだかまだ心臓ドキドキしてる』

興奮冷めやらぬ千明の話を聞きながら、美涼はだんだんとおかしな不安に襲われ始める。

いったいどういうことなのだろう。なぜ琉生が、例の女性と一緒にいた男性に怪我をさせる事態になってしまったのだろう。

女性は既婚者なのだから、一緒にいたのは夫だと考えるのが普通だ。

本当に琉生とおかしな関係を持つような女性ならば、もしかしたら夫ではない男性という可能性もある。どちらにせよその女性の同伴者を琉生が殴ったというなら、なにか腹に据えかねる状況があったのだろう。

(自分以外の男といたから……とか、まさかそんな理由じゃ……)

琉生とあの女性の関係が、どの程度のものなのかはっきりとは知らない。

だが、琉生が美涼を想う気持ちが、想像を超えるほど真剣なものなのではないかと思い始めている今、彼が他の女性のことでやきもちを焼いて逆上したとは考えたくなかった。

(どうしてそんなこと……)

美涼が考えこんでいると、千明のため息が聞こえてくる。

『堂嶋君さ……、ちょっとまずいよね……』

「あ……、他人に怪我をさせたからとか、そういうこと?」

『それもあるけど、ちょうど副社長が居合わせたっていう事実よ。たとえ喧嘩してもさ、話し合いで和解できたりするじゃない? でも、現場を会社の重役が見ちゃったとなれば、警察沙汰にならなくたって会社側で処分とかあるんじゃないかな』

「処分……」

『異動……減給……、謹慎《きんしん》? んー、どこかの支社に転勤とか』

ありえない話ではない。美涼は血の気が引くのを感じた。

「でも……堂嶋君は営業部のホープとか言われてるし。そんな人を異動させるのは、会社のためにもならないんじゃない？」

『本社でホープなら、支社辺りに行けば大活躍なんじゃないの？　別に転勤って決まったわけじゃないけど……。なに？　なんか堂嶋君のこと庇ってる？　美涼って、そんなに彼と仲よかったっけ？』

「ちっ、違うわよっ。一応後輩だし、頑張ってるし、永美ちゃんと仲のいい同期だから、そんなことになったら永美ちゃんも寂しいかな、って……」

『そう？』

どうも納得できていない千明の声で、美涼は少し言い訳がましくなっている自分に気づく。

琉生が転勤になるかもしれない可能性があることに、寂しさを感じているのは自分のほうではないか。

（転勤って……。まさかそこまでは……）

そう思いたいが、おかしな胸騒ぎはおさまらない。そして、危機的状況に立たされた彼を思い、焦りを感じる自分に疑問がわく。

（どうして私が、こんなにビクビクしなきゃならないのよ）

そんな美涼の気持ちは露知らず、千明は気楽に冷やかした。

『明日さ、なにがあったのか聞いてみようか？　その前に会社に来るかな、堂嶋君』

「面白がらないでよ。悪趣味だなぁっ」

『なんか怒ってる？』

「おっ、怒ってなんかいないっ。これから寝ようと思ってたのに、そんな話聞かされたら眠れなくなるじゃない。千明のせいだからね」

美涼は動揺を冗談で誤魔化す。

間もなく電話を終えたものの、当然、気になって眠れなかった。


ひと晩たてば、琉生も落ち着いているだろうか。

彼の様子が気になって仕方がない美涼は、出社前に電話をしてみようかと思い立った。

昨夜の一件など知らないふりをしてかければ問題はない。なんだったら、話をしたいからランチに誘おうと思って、と話を作ってもいい。

自然に。あくまでもいつもどおりに誘えば……。

そこで美涼は、それが不可能であることに気づく。

美涼は、琉生の電話番号を知らない。教えると言われたとき、いらないと跳ねのけてしまったのだ。

「……いらないって言われたくらいで、諦めるな……。馬鹿……」

もやもやするあまり、過去の琉生に八つ当たりをする。気が急いて一本早い電車で出社してしまった。

もちろん琉生はまだ出社していなかった。

が、その後、——始業時間になっても、彼は現れなかったのである。

「堂嶋君、風邪でもひいたんですか？」

松宮に書類を渡しに行った美涼は、何気なく口にする。座ったまま彼女に顔を向け、松宮は一瞬驚いたような表情を見せたが、なぜかそのあとでにやりとした。

「なんだ？　かわいい後輩が休みだと気になるのか？」

「いえ……その、あ、……堂嶋君が休みだなんて、初めてのような気がして」

「そういえばそうだな。まあ、気にするな。病気とかじゃないから」

「病気じゃない……？」

そう聞かされるとよけいに心配だ。昨日の一件で出社できなくなっているのではと、いらない勘繰りをしてしまう。

松宮は、上司として琉生が欠勤している本当の理由を知っているのだろう。

それなら聞いてみようか。「病気じゃないならなんですか？」と。病気かと思っていたら違うと言われてしまったあとの対応としては、それが正しい。

それなのに、なんとなく聞くのが恥ずかしくて言葉が出ない。

美涼が煮え切らない態度でいるうちに、松宮は自分の仕事を始めてしまった。いつまでもそこに立っているわけにもいかず、美涼は自席に引き返す。

途中、永美と目が合い、にこりと笑いかけられた。永美は琉生が欠勤している本当の理由を知っているだろうかと考える。

彼女のそばを通りかかるふりをして、「堂嶋君、風邪でもひいた？」と話題にしてみようか。

……そうは思ったものの、美涼は永美に声をかけることなく自分の席まで戻ってしまった。

（なにやってんの、私……）

――琉生のことばかりを考えている。

彼がなぜ出社してこないのか、心配でたまらないのだ。

（どうして……こんなに……）

椅子に腰を下ろし、美涼は頭を抱えた。

気になって仕方がない。

不安で不安で、具合が悪くなりそうだ。

琉生はなぜ、例の女性と一緒にいた男性を殴ったのだろう。本当に嫉妬ゆえのことなのだろうか。

それより、このことが原因で琉生が転勤なんてことになったら……。

――あの、チャラい顔が見られなくなる。

頭にあった両手を下げ、デスクの上でグッと握りしめる。美涼は戸惑いに揺れる瞳をゆっくりと下げた。

年下なんて大嫌い。チャラい男なんて論外《ろんがい》。

美涼はずっと、そう思い、言い続けてきた。

周りでチョロチョロうるさい琉生がいなくなるなら、それは美涼にとっていいことではないか。大嫌いなうるさい年下男がいなくなるのだから。

——琉生が、いなくなる……。

握りしめた手が小刻みに震える。美涼はデスクの一点を見つめ、にじみそうになる涙を必死に耐えた。

「……聞いてあげる……」

息を吐くように呟く声。それはとても小さく、オフィスの騒がしさに消されていく。

「……言い訳……、聞いてあげるから……」

美涼は唇を結び、奥歯を噛みしめる。必死に見開いていた瞳の奥が熱くなり、不可抗《ふかこう》力《りょく》の涙がぽたりとデスクの上に落ちた。

「……美涼？　どうしたの？」

美涼の様子がおかしいと最初に気づいたのは千明だ。泣いていることに気づき、他の課員から隠すように真横に立ってハンカチを貸してくれた。

「仕事、なにかあった？　あっ、今は喋《しゃべ》んなくていいから」

気遣ってはくれたが、通りすぎる課員にチラチラ見られているのがわかる。泣くなんて想像もつかない女が涙を見せていることに慄《おのの》いているのか、声をかけてくる者はいなかった。

「……堂嶋君……大丈夫かな……」

「え……？」

「クビになったり……しないかな……」

小さな小さな泣き声は、千明にも聞こえていたかどうかはわからない。彼女は黙って、美涼に寄り添っていてくれた。

（……言い訳しに……私の所に……来なさいよ……）

——琉生に会いたい……。彼の顔が見たい。

（許して……あげるから……）

彼は、美涼が大嫌いな年下ではない……。

（堂嶋く……）

美涼はやっと、自分の心にそう思うことを許してあげられたような気がした。


定時になったら、あくまでも自然に切り出そう。

『堂嶋君、本当に病気じゃないのかな。あんまり休まれたら仕事にかかわるし、様子を聞いておきたいから、永美ちゃん、携帯の番号知ってたら教えて』

永美から琉生の携帯番号を聞き出すための口実を頭にめぐらせ、美涼は完璧だと自分に信じさせる。

本当は心配だから様子が知りたいだけなのだが、本音を聞いたら永美はどうするだろう。きっと、喜び勇んで教えてくれるだろう。それどころか、住所からメールアドレスまで教えてくれるかもしれない。

なんとなくだが、彼女は琉生が美涼を気にかけていることに気づいているのではないかと思うのだ。

喜んで教えてくれるなら、教えてもらえばいい。

けれど、あれだけ関心のない様子を見せておいて、急に態度を翻《ひるがえ》すのも、なんだか照れくさい。

定時から十分後。まだ仕事の慌ただしさが残るオフィスで、美涼はこのタイミングだとばかりに永美のデスクへ目を向けた。

すると彼女の姿がない。もう帰ってしまったのかと慌てて立ち上がったとき、後ろから肩を叩かれた。

「美涼」

「きゃっ」

驚きの声をあげて振り返ると、ちょっと目を大きくした千明が立っている。

美涼の反応にかえって彼女のほうが驚いたのではと思うが、仕事中にいきなり泣き出した奇行を発見されているだけに、きっと今日は情緒不安定なのだろうと思ってくれるに違いない。

「そんなに驚くことないじゃない。どうしたの？」

「だって、いきなり声なんかかけるから……」

「それより、もっと驚くべき人が、美涼に会いたいって来てるけど」

千明は美涼に顔を寄せると、こそっとその名を告げた。

「経理の波多野さん」

千明は視線だけでオフィスの出入口方向を示す。美涼もちらりと目を向けるが、課員が出入りする姿しか見えなかった。おそらく廊下で待っているのだろう。

昨日の電話でその名を聞いた、例の女性。だが美涼は今まで彼女と親しく話したことはない。

いったいなぜ美涼に会いたいなどと言ってきたのだろう。

「なんの用だろうね。美涼、あの人と親しくしてたの？」

すると、千明が同じような疑問を口にする。昨日の一件があるので彼女も気になるのだろう。

「してないよ、別に。なんだろう……残業代払いすぎてたから今度引きます、とかじゃないよね」

「それは笑う」

ひとまず冗談で笑い合うが、すぐに千明が顔を近づけ小声になった。

「ついでに、昨日のこと聞いてみたら？」

「夕べなにがあったんですか、って？　聞けないわよ、そもそも喧嘩のことを私が知っているのも変だし」

「でも気になるよね～。堂嶋君は休みだし、やっぱり本人が出社してきたら吐かせるか」

「やめなよ。かわいそうでしょ」

「あっ、庇った」

面白がるわりに、美涼が琉生を気にすることをさほど気に留めてはいないようだ。美涼は千明に手を振ってオフィスを出る。すぐに向かいの壁側に立つ波多野玲子が目に入った。

「あの……、なにか？」

おそるおそる声をかけて近づく。千明以上に昨夜のことを聞きたい気持ちはあるが、まずは彼女の用件を聞くのが先決だ。

玲子は少し周囲の人通りを気にしつつ、控えめな声で尋ねてきた。

「ごめんなさい、突然。……堂嶋君、こっちに戻ってきました？」

「え？」

「さっき、副社長との話し合いが終わったって連絡がきたから、こっちに顔を出しているかと思ったんだけど……。倉田さんになにか言ってきてました？」

「副社長室って……。堂嶋君、出社してきてるんですか？」

「ええ。一時間くらい前に来てるはず。じゃあ、こっちには顔を出してないのね。まだ副社長の所にいるのかしら」

　顔を出していないどころか、琉生が会社に来ていたことも知らない。美涼にそんな連絡はないが、玲子にはきていたということか。

　そう考えると、じわじわと苛立ちを感じ始めた。

「私は連絡どころか……会社に来ていたことも知らないのに……。私に聞きにくる必要なんてないでしょう。あなた……波多野さんのほうが、堂嶋君のことならなんでもご存じなんじゃないんですか」

　嫌みな言いかたになってしまったような気がする。そう思ったが、美涼は一旦勢いに乗った言葉を止めることができなかった。

「ずいぶんと親しそうですもんね。朝早くから迎えに来てもらったり、……夜遅くに会ったり。波多野さん、ご主人いらっしゃるのに」

　これは正真正銘の嫌みだ。大きなお世話であるうえ、嫉妬をしているような言動が恥ずかしい。

　嫉妬をしているような……ではない。美涼が感じるまま態度にしてしまうこの感情は、間違いなく嫉妬だ。

　突き放したはずの玲子に優しくし続けた琉生。彼にそんなにも気持ちをかけてもらえていた玲子に、妬ましさを覚えている。

　憤りさえ感じる、嫉心《としん》。

この気持ちが、怒った琉生の顔と重なる。これは、国枝に笑顔を向けた美涼に対して、彼が向けてきた感情と同じではないか。

今になって、彼があのときどんな気持ちでいたのかがわかる……。

玲子も美涼の態度に少々驚いたのだろう。言葉を止めて彼女を見つめる。しかしすぐに困ったような笑顔を見せた。

「そう……。やっぱり、あなたのことなのね」

「なにがですか……」

「堂嶋君が、『絶対に裏切れない』って言っていた相手」

美涼は言葉を止める。どういう意味なのかを知りたいが、どう聞いたらよいのだろう。

すると玲子が言葉を続けた。

「なにか誤解してる？　きっとしてるわね？　あのね、わたしと堂嶋君は、別におかしなことがあるわけじゃないのよ。ただ、わたしの愚痴と悩みに、いつも彼がつきあっていてくれただけ」

「……悩み？」

「恥ずかしい話だけど、……わたし、主人と夫婦仲がこじれて、夫が家に帰ってこなくなっちゃって。……夫が浮気してるんじゃないかとかいろいろ考えて、どうしたらいいかわからなくて悩んでいたとき、堂嶋君が声をかけてくれたの……」

琉生は接待の帰りだったらしい。ひとりでお酒を飲みながら泣いていた玲子を、偶然見つけて声をかけたのだという。

酔っていたこともあり、誰にも言えずにいた悩みや苦しさを琉生に話してしまった玲子は、それから度々彼に話を聞いてもらうようになったのだそうだ。

それを聞いて、美涼は永美が教えてくれた話を思いだした。

昔から、いつも誰かの相談役だったという琉生。今でも友だちや同期の良い相談相手だと。

「堂嶋君って、本当に優しいのよ。たまに悪ガキっぽい顔はするけど。……どんな話でも聞いてくれるし、寂しくて辛いって言ったら、夜遅くでも話を聞きに来てくれるし。そんなことがあった次の日は、ちゃんと出社できるようにって迎えにも来てくれるし。……それは、知ってるのよね？」

「え……あ、はい……」

美涼は返事に詰まる。玲子に対して辛辣なものの言いかたをしたとき、早朝に迎えにきてもらっていたことを口にした。彼女は、そのときの説明をしてくれているのだ。

「悩みすぎて、半分ノイローゼになって、死にたいって思った。自棄《やけ》になって、彼と浮気してやろうかと思ったこともあるのよ。二回くらい」

それを聞いてドキッとする。それはもしかしたら、初めてふたりが一緒にいる場面を見た、資料室での出来事ではないか。

あのとき玲子は、とんでもなく酷い扱いを受けたはずだ。

「たぶん、そうしなくちゃわたしが諦めないと思ったんだろうけど、初めて迫ったとき、堂嶋君にすごくひどい言葉で突き離されたのよ。わたしも思わずひっぱたいちゃったくらい」

それは知ってます、と、美涼は心で呟く。思いだし笑いをした玲子だったが、彼女はすぐに穏やかな声に戻り話を続けた。

「先週……、そう、朝に迎えに来てくれた前の夜。電話で夫と喧嘩をしてね。つらくてつらくて、堂嶋君を呼び出したの。……そのとき、もうどうなってもいいから、彼を押し倒してでも浮気してやろうと思った……。当てつけなんて最悪だけど、そのときはそんなことしか考えられなくて……。でもね、彼に止められた。『俺には、もう絶対に裏切れない人がいるから。その希望だけは聞いてあげられない』って」

見開いた瞳の中で、玲子が羨ましげに美涼を見つめる。

彼女は、琉生の言葉をそのまま教えてくれた。

「『俺は、自分の弱さのせいで、以前彼女を助けてあげられなかった。だから、もう絶対に裏切れない。裏切らない』……意味はよくわからなかったけど、堂嶋君には大切に思ってる人がいるんだっていうのはわかった」

琉生が言っていたのは、半年前のことだろう。

笑って見ていたのかと、美涼は琉生を責めた。しかし違う。――彼は、自分はなにもできなかったという事実と、ずっと葛藤し続けていたのだ。

（堂嶋く……）

美涼の心の中に湧き上がる自責《じせき》の念。あのとき、よみがえった憤りと悲しさのまま、琉生を責めることしか考えられなかった。

そんな自分が、恥ずかしい。

美涼の胸が締めつけられる。息が詰まるほど苦しい。

もういい。これだけわかれば充分だ。

琉生が、想像を超えるほど美涼を思い続けていてくれたこと。裏切れない人だと、心に強く刻みつけてくれていること。それだけわかれば……。

「堂嶋君と話をしていると、よく倉田さんの名前が出てくるの。ああ、そうか……って予感はあったから、今日も、あなたになら連絡が行っているんじゃないかって思って」

永美だけではなく、もうひとり、琉生の気持ちに気づいていた人物がいたようだ。少し照れくさい思いにとらわれながら、美涼は昨夜の件にふれた。

「あの……、堂嶋君は、どうして波多野さんと一緒にいた男の人を殴ったりしたんですか？」

「昨夜のこと？　やっぱり知ってたのね。堂嶋君に聞いたの？」

「いいえ。友だちが偶然見たらしくて……。堂嶋君が男の人を殴って怪我をさせたって」

すると、玲子は困った顔で眉をひそめる。きょろきょろと周囲を見回し、通りかかる社員がいなくなったところで声をひそめた。

「違うのよ。殴ったんじゃないの。それどころか、堂嶋君はなにもしてないわ」

「でも、相手の男の人は血を出して倒れたって……」

「あれは、あの人が悪いの。一緒にいたのはわたしの夫なんだけど、堂嶋君の顔を見たとたん殴りかかっていったのよ。堂嶋君は難なくかわしたんだけど、夫は酔っていて足元がおぼつかないまま転倒しちゃってね。そのとき倒した椅子に顔をぶつけて、口と鼻から出血して……」

「じゃあ、堂嶋君は……」

「なにもしてない。ただよけただけ。それどころか、彼はわたしと主人が落ち着いてゆっくり話し合えるようにって、時間と場所をセッティングしてくれたのよ」

「どうしてご主人は、堂嶋君を殴ろうとしたんですか？」

「話し合いの件は、堂嶋君が知人の弁護士さんをとおして主人に持ちかけてくれたの。まさか彼みたいな若い子にそんな根回しができると思っていなかったらしくて、あいだに入ってくれたのは年上の上司だと思っていたみたい。でも、様子を見に来てくれた堂嶋君が若い男の子だったし、わたしとなにかあったんじゃないかって勘違いをして……。カッとして先走ったのよ」

第三者があいだに入ったことで、おそらく夫婦の話し合いはよいほうへ進んだのだろう。

最近見知った玲子のイメージといえば、悲愴感《ひそうかん》漂う表情と怒った顔だけだった。けれど、今の彼女の表情は打って変わって穏やかだ。

美涼は、玲子を見ていて美緒を思いだした。

国枝のことで悩んだ美緒は、その苛立ちを美涼にぶつけた。どんな我が儘を言っても、たとえ無茶な八つ当たりをしても、それを受け止めて許してくれる人間を選んだ。

信頼の中にある甘え。

琉生もまた、そうやって甘えることを玲子に許してしまった。

彼ならば話を聞いてくれる。死にたいくらい辛くても、傍に来て慰めてくれる。

そして、精神的に参っていた玲子を、琉生は放っておけなかった……。

悩みを聞き、慰めて、事態を上手い方向へ導いて……。

永美の話から考えれば、琉生は、そういう男なのだ。

なんともいえない感慨を覚えて詰まる胸に手をあて、美涼は深く息を吐く。

琉生と玲子の関係をはっきりと知ったこともそうだが、琉生が暴力をふるったのではないと知って全身の力が抜けてしまいそうなほど安堵している。

……しかし、美涼は大きな問題を思いだした。

昨夜の現場に、副社長が居合わせたことだ。

「あ、あの……波多野さん、昨夜の現場に、副社長がいたんですよね」

「ええ、いたわ。堂嶋君が、お客さんに迷惑がかからないように店の奥へってマスターに言って移動したときも一緒だった」

副社長は知っているのだろうか。この騒ぎが、喧嘩などではなくただの勘違いから起こったものだと。

もし知っていても、騒ぎを起こした社員を重役としては許さないのではないか。

一日中心配していた琉生が、なんらかの処分を受けてしまう可能性がまだ残っている。

「あの……私、説明してきます。堂嶋君は悪くないんだ、って」

「え？　あの、倉田さん？」

驚く玲子を置いて、美涼は思うままにエレベーターホールへ走った。

——副社長室へ向かうために……。


琉生は悪くない。

それをわかってほしい。

二十五階へ向かうエレベーターの中で、美涼の頭にはそれしかなかった。

いくら怪我をしたといっても、殴りかかってきたのは相手側で琉生はよけただけだという。まったく彼に非はないのだ。

確かに、その瞬間は店内の注目を浴びたのかもしれない。

しかし、すぐに店の奥へと移動し、騒ぎを引きずることはなかったらしい。

日曜の夜なら琉生は私服だったろうし、社員証をぶら下げて歩いていたわけでもないだろう。他人からは、彼が東條商事営業課の社員だなんてわからない。

社名を傷つけた……ということにもならないはずだ。

副社長は本社社長の息子。自分の立場を笠に着ることなどない、温厚で寛容《かんよう》な人物だと聞く。

そんな人物なら、話すべきことをきちんと話して説明すれば、きっとわかってくれる。

琉生は悪くないのだと認めてくれる。いや、認めてもらおう。

美涼の決心が固まったとき、エレベーターのドアが開く。意気込んでいた彼女だったが、目の前に広がった重役用フロアの厳粛《げんしゅく》な空気に、一瞬ひるみそうになった。

おそるおそるエレベーターを降りる。第一歩目に踏んだカーペットの感触からして、美涼をさらに緊張させるには充分な材料だった。

カーペット。いや、これは絨毯《じゅうたん》だ……。

(ちょっと待って……。もしかして私、すっごく場違いな場所に来ちゃったんじゃ……)

冷や汗が吹き出しそうになる。美涼は大きく息を吸って自分の気持ちを落ち着かせようとした。ここで弱気になってはいけない。目指す場所はひとつなのだ。

そこで美涼は、今さらながら大切なことに気づいた。

——副社長室は……どこだろう……。

美涼の目に映るのは、広いエレベーターホール。前方の壁側に置かれたフラワーテーブルや壁に飾られた絵画。左右に廊下が続き、途中に曲がり角がある。

どこかに進めば副社長室だろう。しかし、その、どこか、がわからない。

雰囲気にたがわず静かなフロアだが、右側の廊下からは人の話し声らしきものが聞こえてくる。

この最上階フロアには秘書課もある。ならば秘書課で副社長室の場所を聞けばよいだろう。

そう思い立ち、美涼が足を踏み出そうとしたとき、目指す方向からスーツ姿の男性がひとり歩いてきた。

「す、すみません……あの、副社長室はどちらになりますか……」

ここぞとばかりに声をかけ、男性に近づく。しかしその足は、男性と目があった瞬間に止まった。

「副社長室？　副社長に、なにか？」

スラリとした長身の、年の頃三十歳前後だろうか。真面目を絵に描いてスーツを着せたような雰囲気。それだけならまだしも、眼差《まなざ》しは冷たく、顔立ちが整っているだけによけい怖く感じる。

男性も足を止め、美涼を眺める。彼女の首にかかった社員証に目を留め、ポーカーフェイスのまま事務的な対応をした。

「この時間、社員からの面会予定は入っていない。営業課からなにかあるのならば、まず一課の課長をとおしなさい」

「は、はい……いえ、仕事に関する用件では……」

「アポなしでの面会が、上役に対してどれだけの失礼にあたるか。それがわからないほどの新人でもないと思うが？」

「はい……、それは……」

人が通りかかったので咄嗟に声をかけたが、話しかけた相手を間違えた気がする。気ばかりが焦って相手をよく確認しなかったが、こんな堅物《かたぶつ》を絵に描いたような怖い雰囲気をあらかじめ感じていたら、声をかけることはなかっただろう。

しかしここまで来て引くこともできない。このピンチをどう切り抜けよう。どうせなら、副社長に呼ばれているんですと言ってみようか。

どんなことをしてでも、今は琉生のもとへ行かなくては。

「あの、私……」

「あら？　あなた、あのときの？」

意を決したとき、いきなり明るい声が響いた。張り詰めた雰囲気が一瞬にして溶ける。

柔らかなカーペットを爽快に蹴り、声の主が歩み寄ってきた。

「こんにちは。まだお仕事していたの？　頑張るわねぇ、さすがは松宮さん仕込みだわ」

天衣無縫《てんいむほう》という言葉がぴったりと当てはまる頬笑みを湛えて立ち止まったのは、副社長夫人の東條朋美だ。

地獄に仏とはこのことかもしれない。美涼はこわばっていた身体の緊張が解けていくような気がした。

すると、そんな彼女を見て、朋美は横に立つ男性の背中を勢いよくバンッと叩いたのだ。

「ちょっとぉ、永井《ながい》君っ。なに女の子いじめてんのよ。奥さんに言いつけるわよっ」

「いじめてはいない。道理というものをだな……」

「まったくもぅ、そーんな仏頂面で道理を語られたって、女の子は怖がるだけだわよ。あんたのそんなイヤミ顔を『素敵』なんて言ってくれるのは奥さんくらいなんだからね。わかってるの？　この堅物男」

「そこまで言うのか」

「言う」

朋美と男性の軽快なやり取りを、美涼は少々唖然《あぜん》として眺める。すると朋美が美涼に笑いかけ、男性を指さした。

「ごめんね、倉田さん。この人は副社長の秘書でね。見たことない？　副社長と一緒に歩いてるとこ。すっごい真面目くさってさ〝俺に近寄るな〟オーラ出してるじゃない」

「秘書……」

そう言われてみれば、真面目な雰囲気の男性が副社長と一緒に歩いているのをエントランスなどで見かけたことがある。副社長が印象に残りやすい人であるせいか。申し訳ないが秘書の男性のほうは、そういえば……と思いだす程度の記憶しかなかった。

「それにしても永井君、どうして倉田さんを泣かせてたの？」

「泣かせてはいない。副社長室に行きたいようだがアポがないからと……」

「副社長室に？」

朋美が改めて美涼を見る。今度は秘書ではなく妻本人から責められてしまうのだろうか。そう思いドキリとした美涼だったが、朋美はふっくらとした綺麗な唇をふわりと和ませた。

「もしかして……、琉生君のことかな？」

地獄に仏、どころではない。美涼は、蜘蛛《くも》の糸が切れないまま天国へ引き上げられた気分だ。

美涼の様子を見て、朋美は事情を察してくれたのかもしれない。なんといっても副社長夫人なのだから、昨夜の騒ぎについても知っているだろう。秘書の肩をポンッと叩き「私に任せて」と言うと、続いて美涼の背を促した。

「いらっしゃい。琉生君は、まだ副社長室にいるから」

「は……はい……」

美涼は秘書に会釈をし、朋美について歩きだす。

助かった。本当に助かった。ホッとしつつ朋美に感謝するが、美涼にはもうひとつわからないことがある。

琉生と朋美はどういう関係……どういう知り合いなのだろう……。

朋美は、美涼が琉生と一緒にいた場面を見ている。そのおかげで覚えられていたようだ。名前などは松宮に聞けばすぐにわかる。

あのときは美涼もわからないことが多すぎて、琉生が朋美にまで手を出しているのかと考えもした。

しかし、今ではそんなふうには思えない。こんなしっかりとした地位を築いている女性が、年下の男をからかうとも思えないのだ。

「あの……副社長夫人……」

大きな両開きドアの前で朋美が立ち止まったので、美涼が声をかける。不思議そうな顔で振り向かれ、美涼は言葉に詰まった。

なんというか、凄く失礼なことを聞こうとしている気がする。だからといって黙ってしまうのもおかしい。美涼は、控えめに言葉を発した。

「夫人は……あの……、どうして、堂嶋君とそんなに親しいんですか……」

「気になる？」

「……接点なんてないし……。堂嶋君が……あの、失礼にも声をかけたのかな、とか……」

数日前ならともかく、今は彼が興味本位で女性に声をかけるような男ではないとわかっている。

それでも親しい理由が知りたくて、美涼は琉生を軽い男といわんばかりに扱った。

戸惑う美涼を見て、朋美はにこりと微笑む。

「そうやって気になったって話、琉生君にそのまま言ってあげるといいわ。きっと飛び上がって喜ぶわよ。嬉しすぎて、私にシャンパンの一本でも差し入れてくれるかも」

「え……？」

「大丈夫よ。今、わかるから」

朋美が副社長室をノックする。「副社長、入ります」と声をかけ、ドアを開いた。

重役フロアに入った瞬間も驚いたが、副社長室も広く、見るからに高級な調度品が上品に配置されている。いつも騒がしいオフィスしか見ていない美涼からしてみると、同じ社内とは思えない。

朋美について入室した美涼は、この雰囲気だけで全身が委縮する。しかし……。

「美涼さん……！」

その声で我に返る。目を向けた先は窓側の応接セット。そこには、ソファから立ち上がる琉生の姿があった。

彼はスーツ姿だ。目を見開き美涼を見る琉生は、なぜ彼女がこの場に現れたのか、ずいぶんと驚いているようだった。

しかし表情には、驚きと同時に嬉しいという喜びも滲み出ているような気がする。美涼に会えて嬉しい。そう言ってくれているような気がするのだ。

（堂嶋君……）

胸がキュッと締めつけられる。鼓動は早鐘を打ち、それに合わせて美涼は琉生のそばへ歩み寄った。

彼女の目は琉生しか映してはいなかったが、近くまで寄ると彼の前に座る人物が視界に入る。その途端、自然と足が止まった。

琉生に向いていた身体は向かいに座る男性側へ向き、美涼は背筋を伸ばす。すると、その男性も立ち上がった。

――彼は、この会社の副社長だ。

スマートな長身にスーツ姿が映える、メガネが知的な美丈夫。真面目な雰囲気は伝わってくるが、それは決して嫌みなものではない。

千明が言うとおり、実物を見ると『この人だ』とはっきり分かる印象の持ち主だ。

「い、いきなり失礼いたします……。営業一課の倉田と申します。あの、同課の堂嶋の件で聞いていただきたいことがあり、参りました」

美涼は勢いに任せて口を開く。副社長の顔をまっすぐに見て、言わなくてはいけないと硬く心に決めていたままを口にした。

「昨夜の一件が問題になっているようなのですが、それに関して、堂嶋に悪い点なんてひとつもありません。それどころか、堂嶋はあの人たちの力になろうとしていただけなんです。もちろん男性を殴ったりもしていません。……だいたい、堂嶋はそんなことできる性格じゃありませんし……、ちょっと軽く見えたりもしますけど、堂嶋は本当に優しい人間で……」

美涼は徐々に言葉のトーンを落としていく。興奮して口が滑りすぎていることにも自覚はあるが、自分があまりにも琉生の名前を連呼しすぎているような気がする。

「……美涼さん……」

琉生の声が聞こえ、顔を向けると、嬉しそうにはにかみ笑う彼が美涼を見つめている。

そんな顔をされると、美涼も照れくさくなる。頬が紅く染まり、どうしようかと戸惑っていた……そのとき……。

そんなふたりを見ていた副社長、——東條正貴が、声をあげて楽しげに笑いだした。


「美涼さん……」

琉生と美涼は、ふたりきりで資料室にいた。

静寂を破って発せられた琉生の声は、妙に大きく室内に響いた。

「怒って……る……?」

途中まで真面目だった声は、語尾にだけ明るいアクセントをつける。まるで気まずい雰囲気を誤魔化そうとするかのようだ。

実際、琉生は誤魔化してしまいたいほどの居心地の悪さを感じているに違いない。

わかっている。それはわかっているが、美涼は腕を組み、あえて琉生をキッと睨みつけた。

「怒ってるっ」

「あーっ、やっぱりぃ？」

悪気なくいつもの軽い口調で返す彼に、美涼もいつもの強い口調でつっかかった。

「怒るのは当たり前でしょう！　なんにも知らない私だけが、ひとりでオロオロして空回りしていたようなものじゃない！　知らなかったんだもの……堂嶋君が……、よりにもよって堂嶋君が……副社長の従弟だなんて！」

憤る美涼に、琉生は困ったような頬笑みを見せる。

その笑みはとても綺麗でドキリとするが、なんとなく副社長の微笑ましげな笑みにも似ている。

美涼が琉生を庇ったあと、ふたりで気恥ずかしそうにしている様子を見ていた副社長が、こんな顔をしていた。

似ている、というより、そっくりなのだ。

ふたりは従兄弟同士なのだから。

『私と琉生君は従兄弟同士なのですよ。倉田さん、ご存じありませんでしたか？』

そう言って、穏やかに微笑んだ副社長。美涼は思わず琉生と副社長の顔を交互に見比べてしまった。

呆然とする美涼の背を、「ね？　大丈夫だったでしょっ」と笑って叩いた朋美。彼女が言ったとおりだった。朋美と琉生が親しいのも、副社長と従兄弟同士だからだと考えれば納得がいく。

昨夜、琉生は副社長と飲みに行く約束をしていたらしい。その前に例の店へ立ち寄ったので、最初から副社長が一緒だった。副社長は事の顚末《てんまつ》を目の前で見ているのだから、琉生が暴力をふるったなどと誤解するわけがないのである。

騒ぎになったことを咎める気はないと聞かされて、ホッとした。頽《くずお》れてしまいそうになったところを、あわや琉生に支えられたくらいだ。

琉生が今日一日休んでいたのは、玲子の夫を病院へ連れていくためだったらしい。鼻血を出して唇を切ったぐらいだったが、転倒時に倒れた椅子で頭を打っていたことが、琉生は気になったとのこと。もちろん、異常はなかった。

細かい用事を済ませ、報告をするために出社し副社長室へ行き、ある程度の話が終わったところで玲子に連絡を入れた。彼女の夫のことなのだから、これは当然。

琉生は同じく美涼にも連絡をしたかったのだが、どうしても先週末のことが気になってできなかったらしい。

ひととおりの事情を聞き終え、今度は琉生と一緒に副社長室を出た美涼。九階へ戻り「ちょっと来なさい」と彼を無人の資料室へと引っ張っていった。

――引っ張っていった……ものの……。

なにから切り出したらよいものか……。

美涼だって、琉生と同じく先週末のことは気にしている。まずは自分から謝ったほうがいいのではないかと考えていたくらいだ。

そんな気まずい空気の中で、琉生が口火を切ってくれたのだった。

「……でもね、美涼さん……」

琉生の問いかけに憤りをみせてしまったが、返ってきた彼の口調は、諭《さと》すかのような真面目なものだった。

「俺は、誰にも副社長の従弟だなんて言ったことがないから知らなくて当たり前だよ。会社でも気安く副社長に話しかけたことなんてないし。……まあ、朋美さんはパキパキした人だから別として……」

「……てっきり……、堂嶋君がちょっかい出してるんだと……」

「あの人に関しては、そんな誤解されたくないって言っただろ？」

美涼は視線を横にそらし、気まずそうに反省をする。従兄のお嫁さんがあれだけ気さくな人なら、仲がよくて当たり前だ。

朋美との仲を誤解したとき、琉生は真剣に否定をした。自分の気持ちが定まっていなかった美涼は、それを素直に受け止めてあげることができなかったのだ。

「このこと……。堂嶋君が副社長の従弟だ、とか、友だちくらいは知ってるの？」

「友だちや会社の同期には教えていませんよ。知っているのは……それこそ、朋美さんと副社長の秘書、一部の重役と、あとは松宮課長くらいです」

「課長も？」

そこに松宮の名が入っていたことは意外だと思うが、よく考えてみればそうでもない。

松宮は朋美の元上司で、今でも彼女に信頼されている。副社長の従弟となれば朋美にとっては自分の身内だ。それも営業一課へ配属されるのなら、松宮に面倒を見てやってくれと頼んでもおかしくはない。

そんなことを考えていた美涼の目に、琉生の不安げな表情が映る。なんとなくその理由に見当をつけた美涼は、横目でチラリと彼を見据えた。

「心配しなくても、だから課長に贔屓されてる、とか、思わないわよ」

琉生がわずかに驚いた顔をして美涼を見る。彼女はやっぱりかとばかりに言葉を続けた。

「君が仕事に真面目で成績もいいのは間違いじゃないし。いくら上司に贔屓されたって、仕事ができない人はできない。堂嶋君が課長についていけるのは実力。……そのうち、社長の甥っ子だって知れ渡ったって、誰も身内贔屓だなんて思わないから。安心して」

「……美涼さん」

「どうせ、あれでしょう？　入社のときからそういった情報を隠していたのは、言えば絶対に色眼鏡で見られるからでしょう？　『社長の甥《おい》なんだ？　すげー』って感じで。仕事で公正に評価してもらえなくなったりする。それがイヤだった、とか言うんでしょう？　まあ、そうだよね。副社長は絶大に評判のいい人だし。あの人と比べられるのかと思えばきついよねぇ」

「美涼さん！」

いきなり琉生が美涼に抱きつく。

抱きしめる、というよりは、抱きついてきたというほうが正しい状態だったので、美涼は中央のテーブルに腰がぶつかるまで後退してしまった。

「ちょ……ちょっと……」

慌てて琉生を引き離そうとするものの、彼が下心で抱きついているのではなく嬉しくて抱きついているのだと思った美涼は、つい彼の頭を撫でてしまう。

なんとなく、幼いころの弟や妹が、両親に叱られたあと美涼に甘えて抱きついてきたときのことを思いだしてしまったのである。

「そんなこと気にしなくても、堂嶋君は仕事ができるんだから。笑い飛ばしておけばいいのよ。意外とヘタレだなぁ、もう。でも、そのうち社長の甥っ子だって知れたら今以上にもてるかもしれないし。それは嬉しいでしょう?」

美涼としては、ちょっとした冗談のつもりだった。少しおどけて、琉生が笑ってくれたらいい。そのくらいのつもりだったのだが、彼は怒った顔で彼女から離れた。

「そんなもの……、嬉しいわけがないじゃないですか!」

ふざけすぎたかと美涼が後悔をする前に、吊り上がっていた彼の眉は情けなく下がっていく。

「俺は……、美涼さんしか……。目に入りません……」

自分に気持ちをくれている琉生に対して、冗談とはいえ申し訳ない物言いをしてしまった。

美涼が言葉なく黙ってしまうと、琉生は彼女の腰を持ち上げテーブルの端に座らせる。その足元に膝を落とすと、軽く正座をしたスタイルで頭を下げた。

「ど、堂嶋君？」

もちろん美涼は慌てる。これではなんとなく土下座でもされているようだ。

「いろいろ……、申し訳ありませんでした」

「……堂嶋君……」

「謝っても、謝りきれないことをしました。俺は……美涼さんに、信用してもらえる男ではないのだと思う……」

美涼は黙って琉生を見つめた。彼の声は真剣で、真剣すぎて、今にもどこからか崩れ落ちてしまいそうな危うさを感じる。

「美涼さんを好きでいたくて、……自分を偽って、貴女を騙して、貴女を泣かせて、怒らせて……。それでも、美涼さんが恋しくて美涼さんが欲しくて……。自分の間違いを、貴女に対して正当化しようとした……最低の男です……」

自虐的な言葉を口にする琉生。それはとても哀れな姿であるはずなのに……。

なぜか美涼は、造り物の彼がやっと本物になっていくような、スッキリとした気持ちになりかかっている。

「それでも……。自分をどんなに最悪だと蔑んでも……。俺は……」

顔を上げながら、琉生はゆっくりと両膝立ちになる。テーブルの端を摑んでいた美涼の両手を握り、自分のひたいにつけた。

「美涼さんが……好きで好きで、堪らない……」

どくん、と、鼓動が大きく美涼の胸を叩く。琉生は泣きだしてしまいそうな声で、自分の気持ちを口にし続けた。

「こんな……最低な男ですけど。おまけに俺……、美涼さんが嫌いな年下ですけど……」

ゆっくりと出される言葉がもどかしい。

彼が言いたいことはわかるのだ。その言葉が、早く聞きたい……。

そんな美涼に応えるよう、琉生はゆっくりと顔を上げ、真剣な瞳で彼女を見つめた。

「──貴女を……好きになっても、いいですか……」

その瞬間、美涼の瞳に涙が溢れた。目を潤ませる彼女を見て、琉生は握りしめた両手に力を込める。

美涼は震える唇を微笑ませた。

「……いいよ……」

小さく呟いた短い言葉。

琉生にはそれだけで充分だったのだろう。彼は美涼の手を離すと、勢いよく立ち上がり彼女を強く抱きしめたのである。

「……年上だけど……いいですか？」

嗚咽の混じる声で、美涼は琉生の真似をする。彼は抱きしめる腕に力を込め、何度もなずいた。

「はい……。はい……」

「かわいげなんてないよ？」

「そんなこと、ないです」

「頼りにならない男は嫌いだよ？」

「精進《しょうじん》します」

「どうせ年下だし、とか言って拗ねたら、叩くよ？」

「何発でもどうぞ」

「堂嶋君！」

ちょっと強い口調で琉生を呼ぶ。彼は美涼を見ると、なにか怒られると思ったのか、叱られる覚悟をした子犬のような顔をする。

目が合ったところで、美涼はにこりと微笑んだ。

「……好き」

琉生は驚いて目を見開いたが、すぐに美涼の唇に吸いつき嬉しそうにキスを繰り返した。

「好きです……美涼さん……。大好き……」

好きの言葉と同じ数だけ繰り返されるキス。ほんわりとした幸せな気持ちに包まれながら、美涼も琉生の背に腕を回し彼に応えていく。

やがて、ゆっくりと、美涼の身体がテーブルの上に倒された。

「好きです……、大好きです……」

胸に溜まっていた言葉をすべて吐き出そうとするかのように、琉生は何度もその言葉を繰り返す。

美涼の唇にふれていた彼の唇は、やがて彼女の鼻の頭に、眉間に、まぶたに、こめかみへと移動していった。

「好きです……」

より熱い吐息となって耳孔へと流しこまれる喜び。

甘い戦慄が脳を回り、気が遠くなる。

それは、恍惚感にも似た感覚だ……。

うっとりする美涼の耳殻を舌でなぞり、琉生の唇は耳の裏から首筋へと移動する。

彼女を抱きしめていた両手は頭を撫で、肩の線をたどって、もったいぶるように彼女のスーツの上をさまよった。

スーツのボタンを外されドキリとする。もしかしてここで……と、不埒な思いが駆け巡るが、そんな戸惑いも一瞬で変わった。

いつもの感覚で考えるならとんでもないこと。けれど今は、琉生ならいいか……と、美涼の心がふとどきな誘惑に負けている。

琉生もきっとそのつもりなのだろう。彼は次にブラウスのボタンを外し始めた。

（こんな所で……。堪え性がないなあ……年下は……）

期待はあるものの、やはりこんな場所で……という恥ずかしさがある。そんな葛藤を、美涼は心の強がりで抑えた。

しかし次の瞬間、琉生はいきなり身体を離したのである。

「駄目だ……。やっぱりここじゃ駄目だよ、美涼さん」

彼はなにか焦っている様子だ。駄目だと口にするのは本心らしく、外していた途中のボタンを再び留め始めた。

「だ……駄目って……。堂嶋君、あの……」

自ら迫ってその気にさせたくせに、この変わりようはなんだろう。琉生に腕を引かれ起こされる。美涼はちょっと意地悪をして彼の下半身を指さした。

「駄目……で、いいの？」

示したズボンの股上は、思った以上に張り詰めている。確認した時点で照れるレベルだ。

するとそれに気づいた琉生が身体をよじっておどけた。

「なに見てんですかー。美涼さんのエッチ」

「え、えっち、とかって、君に言われたくないっ。心配してやってんでしょっ。その……つ、つらくないかな、とか……」

「つらいに決まってるじゃないですか。おまけに痛いし狭いし。もうファスナー開いたまま歩きたいくらいですよ」

「変質者になるから、やめてっ」

本当にファスナーを下げかねない琉生を慌てて止め、美涼は彼と目を合わせる。

もしかしたら琉生は、美涼が会社の中などでいかがわしい行為に及ぶようなことは好きじゃないのを知っているから、気を遣ってくれているのだろうか。

「あの、さ……。いいよ……」

美涼は小声でそう言うと、両手で琉生のスーツを摑む。照れくささを感じ、視線を横にそらした。

「しても……いいよ。ここで……。堂嶋君なら、……イヤじゃないから……」

その言葉と美涼の仕草に、琉生はなにか感じるものがあったようだ。いきなり、がばっと美涼を抱きしめた。

「美涼さん……、ありがとうございます。俺……すっごく嬉しいです……」

「堂嶋君……」

声の抑揚や抱きしめる腕の強さで、彼が感動しているのが分かる。それを感じて美涼も嬉しくなった。

「でも、駄目なんです」

しかし琉生は、この場で自分たちの欲望に従うことを頑なに否定する。

「どうして？」

「持ってきてないんです」

「は？」

「先週買ったやつ……。全部、車のダッシュボードに入れていて……。今、一枚も手元にないんです」

すぐに、琉生がなんのことを言っているのかが分かる。美涼は思わずぷっと噴き出し、笑い声をあげて彼の背中をバンバン叩いてしまった。

「もー、変なところで真面目だなぁ、堂嶋君は」

「へ、変なところとかっ、そういう問題じゃないですっ。大事なことですっ」

ちょっとムキになった琉生にキュッと抱きつき、美涼は彼の胸に頬をすり寄せる。

「そうだね。……ありがと」

嬉しい気持ちのまま行動した結果だったが、我ながら自分らしくないくらい控えめな態度をとってしまったような気がする。

かわいこぶっているとか、思われてはいないだろうか。

そんな心配をしてみるものの、琉生が優しく頭を撫でてくれたことで、照れくささと同時に不安もなくなった。

「……場所変えて、いいですよね？　車の中に間違いなくありますから」

こんな関係にでもならなければ、感じることはなかっただろう琉生の真面目さ。

そして、優しさ。

「いいよ……」

もちろん、美涼に否定をする気などないのである。

以前、琉生は我慢ができないからと車の中で事に及んだことがある。

避妊具は車の中だと言っていたこともあり、もしかして今回も……。

彼の車で移動中、美涼はチラリとそんなことを考えた。そうすると、車の中で抱かれたときのおかしな興奮までよみがえってくる。

しかし琉生は車内で彼女に手を出すことはなく、無事にホテルまで持ちこたえたのである。

ただし、部屋へ入った瞬間、その我慢はどこかへ行ってしまったようだった。

「こ、こら……、堂嶋くっ……」

部屋へ入ったときから続く琉生のキス攻撃。やっとのことでそれから顔をそらし、美涼は軽く覆いかぶさる彼のスーツを摑む。

「なんですかーっ。だから年下は余裕がなくて、とか言います？」

琉生はちょっとムッとする。どうやら顔をそらされたのが不満のようだ。美涼は苦笑いで彼の後頭部をぺしっと叩いた。

「そう言ってほしいの？」

「言われてもいいですよ。そんなものは部屋に入る前に捨てました」

上半身を起こし、ネクタイを引き緩めスーツの上着を脱ぎ、琉生は言葉のままの行動をする。

ラブホテルの室内に入ってすぐに抱きしめられ、キスの猛攻《もうこう》とともに忙しなくベッドに押し倒された。

押し倒すならシッカリと全身をベッドの上に押し倒せばいいものを、急ぐあまりベッドに上半身だけがのっている体勢になっていて、なんとも中途半端だ。

「もう、美涼さんの顔見てるだけでイきそう」

「どれだけ溜まってるのよ、馬鹿ねっ」

切羽詰まってるんです、わかってください。そう言わんばかりの琉生を見て、美涼は笑いだしてしまった。

言葉のまま馬鹿にしているのではない。

彼に求められるのが嬉しくて、また冗談のように軽い会話が交わせるようになったのが嬉しくて、笑顔を通りこし笑い声をあげずにはいられないのだ。

「当然でしょう、俺は、美涼さんが好きで好きで堪んないんだから……」

美涼の笑いが止まる。今まで忙しなく彼女を求めていた琉生の口調が、急に静かなトーンに変わった。

「本当に、顔を見ているだけでイっちゃいそうだよ。大好きな美涼さんを見ているだけで、興奮する」

それも彼は、とても綺麗な頬笑みを浮かべている。余裕がないと言ったそのものズバリの態度ばかりを見てきたなかで、いきなり感じるこの落ち着き。これには予想外にドキリとさせられた。

「興奮しちゃ、駄目？」

「……それは……駄目じゃないけど……」

「けど？」

「顔見て、は……大げさでしょう……」

思ったままを口にしようとするが、なんとなく恥ずかしいことを言わされかかっているように感じる。美涼は視線を横にそらして言い淀んだ。

「そっかぁ、一緒にイクほうが気持ちいいしね。そうだよねぇ、俺もそう思うよ、さすが美涼さんだなぁ、かーわいいいっ」

「そうやってからかうっ」

口調に軽さが混じったせいか、美涼もついムキになって琉生を見る。

あんな口をきいたくせに彼の表情は変わっていない。軽く身体を倒し、こっちが恥ずかしくなるくらいの熱っぽい瞳で彼女を見つめている。

「じゃ、そうやって言ってよ」

にこりと笑んだ琉生は、チュッと音をたてて美涼の唇にかわいらしいキスをした。

「俺はさ、ずっと美涼さんが欲しくて堪んなかったし。だから、美涼さんも同じだって、思いたい。美涼さんの口から、聞きたいんだ」

微笑む瞳に、少しだけ不安の色が翳《かげ》る。美涼は両手を伸ばし、琉生の頬を包んだ。

「……まだ、自信がないの？　堂嶋君は……」

「ありませんよ……。夢みたいで。……今にも美涼さんが『やっぱり冗談』って、笑って逃げていくんじゃないかって、心のどこかで思ってる」

美涼はクスリと笑い、かすかに背を浮かせて彼にキスをする。自分だけを映してくれている瞳を見つめ、琉生がずっと待っていたのであろう言葉を口にした。

「逃げない……。私も、堂嶋君が欲しいよ……」

「美涼さん……」

「好きな人を見て興奮するのは当たり前なんでしょう？　だから、堂嶋君も私が欲しいって言ってくれるんでしょう？」

一瞬、琉生が泣きそうな顔をしたような気がする。

これは、彼が待っていた言葉。ずっと、自分は美涼に振り向いてもらえる男ではないと思いこんでいた彼が、心の奥底で望んでいたこと。

思い起こせば、琉生はかわいそうになるくらい彼女の前でそれを切望していた。

——俺を、欲しがって……と。

「堂嶋君が欲しいの……。わかる？」

ぺちぺちと彼の頬を叩く。琉生はふっと微笑み、美涼に唇を寄せた。

「はい……」

そのまま彼女の鼻にふれ、頬にふれ、目の下からまぶたにふれ、耳へと移動する。

「はい……、はい、美涼さん……」

何度も了解を呟く唇は、嬉しさに震えているような気がした。

「大好きです……。美涼さんが、欲しいです……」

再び琉生の顔を手で挟んで正面に引き寄せ、美涼はにこりと笑むと自分から唇を寄せた。

「私も。大好き」

唇を重ね、表面を擦り、柔らかなキスをする。顔を動かし唇を押し付けながら身体を起こすと、美涼はベッドの端に座った彼の太腿を跨ぎ、向かい合わせになって抱きついた。

彼女のキスに応えながら、琉生は美涼の身体をまさぐり服を脱がせていく。上半身を裸にすると、ポロンとまろび出たふくらみを両手で揉み上げ、頂で指を擦り動かした。

「ンッ……ぁん……」

甘えるように美涼の鼻が鳴る。左右に嬲られるそこは、徐々に尖り勃っていった。

指でつままれくにくにと揉みこまれ、さらに凝って琉生の欲情を煽っているようで彼の愛撫は激しくなっていくばかり。

「ぁ……ハァ、あっ……んっ」

キスをしながらも、堪えられず漏れる喘ぎ。こねくり回されるそこは従順なほど素直な快感を美涼に与え、彼女を悶えさせる。腰を焦れ動かすと、跨った足のあいだに琉生の強張りを感じた。

痛いくらいだと言っていたのを思いだし、美涼は琉生のベルトに手をかけ、手さぐりで外してファスナーを下ろしていった。

あまりにも張り詰めていて、冗談ではなくファスナーが壊れてしまいそうだ。それほどまでに自分が求められていたのだと実感できることがくすぐったい。

美涼が下着の前あき部分からその強張りに触れようとすると、琉生は乳房から手を離してズボンと一緒に軽く腰から下ろしたようだ。キスを続けたままなので目で確認はできないが、手で触れた琉生はとても熱く、腰の奥がぞくぞくしてくるほどの官能的な硬度を感じさせてくれた。

下半身はまだスカートさえも脱いでいない。ストッキングとショーツを通して感じている熱なのに、それだけで身体の奥底から潤ってくるのがわかる。

「駄目……もぅ……、堂嶋くっ……」

堪らず出た声は、自分でも驚くほど甘ったるい。琉生もなにかを感じたのか唇の動きを止めて美涼を見た。

「我慢できな……」

自分から切望してしまうほど欲情するのは、初めてのことだった。

「欲しい……の……。もう……限界……」

とんでもなく濫りがわしいことを言っているような気がする。けれど今は、それさえ昂ぶりの材料になる。

「俺も……我慢できない……」

彼の吐息は荒く、高まる興奮は隠せない。向かい合った体勢のまま美涼のストッキングをクロッチから大きく破くと、ショーツの中央を横に寄せる。

なにか言いたげな琉生を見つめながら、美涼はそれに応えるように腰を上げ、彼自身を迎え挿れた。

「……あぁっ……！」

欲していた挿入の快感に、美涼の背が反り上がる。

膨張した琉生の滾りが入口から中を大きく広げていくたび、甘く全身が戦慄く。落としていた腰を途中で止めた美涼は、その感触を堪能するかのように深く息を吐いた。

すると、琉生がクスリと笑って彼女の腰に両手を添える。

「そのまま、全部、呑み込んで。我慢しなくていいから」

「やらしい……」

ちょっと不満を口にしつつ、美涼は素直に腰を落としていく。深く繋がると、さらに大きな充溢感が広がった。

下から琉生が腰を回す。彼でいっぱいになっている部分はもちろんだが、密着した花芯全体が刺激され、じわじわ広がる歯がゆい快感に美涼は身悶えした。

「堂嶋くぅ……」

「動いて……美涼さん……。一緒に気持ちよくなろう」

「も、もぅ……やらしいよ……言いかた。あぁぁっ……！」

言われるまでもなく腰が勝手に上下してしまう。挑発するように目の前で揺れ動く乳房を掴んだ琉生は、片方の頂を口に含み、吸いつきながら舌を回した。

「あっ……ンッ、……気持ちぃぃ……」

本能のままに腰の動きが大きくなる。そんな美涼に煽られたのか、乳房にあった琉生の手が彼女の両腰を掴み下から大きく突き上げ始める。ぶつかる肌の音にくちゃりくちゃりといやらしい蜜音が混じりこんだ。

「んっ、あぅンッ！　堂嶋くぅ……やぁっ！」

「美涼さん、すっごく気持ちいい……。呑み込まれる……。こんなに、欲しがってくれてたんだ……」

「アぁっ……バカぁ……そういうことぉ……あぁっ！」

「凄く嬉しい……」

「私……もぉっ……あぁっ……！」

叩きつけるように淫路をスライドする熱棒。あまりにも揺さぶられすぎて気が遠くなってしまいそうだ。

美涼を貫きながら、琉生は揺れ動く乳房に吸いつき、尖頂を執拗に舐めしゃぶった。

「やっ……ぁ……あっ！　堂……ダメぇっ……」

目の前がぼんやりとしてくる。熱せられた蜂蜜みたいなトロリっとした快感が、全身を包んでいく。

「やぁ……もう、あぁっ……！」

「イっていいんですよ……。ほら……」

強く腰を打ちつけられ、美涼の身体がその熱から解放されようと弾ける。

「あぁ……やぁっ――！」

ピクリピクリと下肢が震えた直後、全身が悶えあがり、下半身がグッと締まって動きが止まった。

「ごめ……堂嶋く……。先に……イっちゃ……た……」

息を震わせながら謝ると、琉生はクスリと笑い美涼の頭を引き寄せて唇をつけた。

「かーわいい……。美涼さん」

キスをしながら、ゆっくりとベッドに倒される。ずるりっと琉生が抜け出た感触が、またもや美涼を戦慄かせた。

「堂嶋くぅ……ん……」

「待ってて。すぐあげる」

優しく微笑み、美涼の頬にキスをして、琉生がベッドから離れる。脱ぎ捨てた上着を拾い、そこから避妊具を取り出した。

欲情に任せてそのままお互いを感じ合ってしまったが、やはり彼も一緒に達するまでのことを考えれば必要だろう。

「これ、脱ごうね」

自分の準備をすると、琉生は美涼の足からストッキングとショーツを抜き取る。

「ぐちゃぐちゃになってる」

どれだけ濡れたかを知らされて、スカートに手をかけた琉生の腕をぺしっと叩いてしまった。彼は笑いながら美涼を裸にすると、自分も残りのシャツを脱ぎ捨てる。

大きく両足を広げられ、そこに琉生が腰を進める。再び訪れた挿入感に全身がゾクゾクと悦んだ。

「んっ……ンッ、ぁぁ……！」

ぐぐっと根元まで埋められた滾りが、さらに奥を目指そうと押しつけられる。最奥から上壁をえぐられ、その衝撃を我慢しきれない美涼は、両腕を琉生に巻きつけ下肢を引き攣らせる。

「やっ……んっ！　あぁっ！」

固まる彼女の足を腕に抱え、琉生が覆いかぶさる。細かな律動をしながら、美涼の首筋に吸いついた。

「ほら。もっと強く抱きついて」

「どう……じまく……んっ……あっ、あぁっ！」

「美涼さん、イイ顔……。堪んない……」

琉生の抽送が大きく早くなっていく。快感のあまり両足が震えてくるのを感じながら、美涼は内股に力を入れた。

「あぁぁっ……また、イっちゃ……あぁっ……」

第二弾が来そうになった瞬間、勢いよく琉生の滾りが抜ける。イきかけた身体が一瞬硬直するが、彼は素早く美涼をひっくり返し、四つん這いにして早急にうしろから挿入した。

「大丈夫。すぐにイかせてあげますから」

すぐに激しい抽送が始まる。美涼は背を反らせて悶え動いた。

「あぁ、やっ……ダメっ、あぁんっ！」

美涼の横尻をしっかりと摑み、琉生の熱塊が抜き挿しされる。擦りあげられる淫路が、再び美涼の身体を甘い快感でいっぱいにした。

「ダメッ……堂嶋く……んっ、もぅ……あっ、ハァ、あっ！」

「美涼さんっ……」

琉生はうしろから美涼の乳房を摑み、彼女の背に覆いかぶさってピンクに染まる頰に顔を寄せる。

「好きです……美涼さん……。大好きです……」

「どうじ……ま、くぅ……んっ、あっ、……アぁっ……！」

彼の言葉に心はほわりとするものの、身体はそれどころではない。美涼は全身でのぼりつめ、この快感を開放したくて堪らない。

美涼は琉生と視線をからめ、哀願した。

「……イ……かせて、琉生……お願……い……」

一瞬、琉生が驚いたように目を見開く。すぐに嬉しそうに微笑んだ彼は「はい」と呟き、強く彼女を貫き始めた。

「あぁっ……！　やぁぁっ……あっ、ダメぇっ！」

「美涼さん……、一緒に……」

「イクっ……もぅ、あぁっ……琉……生ぃっ……――！」

泣くような喜悦の声をあげ、堪り昂ぶった快感が弾け全身を包む。

シーツを握っていた手の力が抜け、美涼はそのまま身体を崩した。

「美涼さん……。愛してます……」

背中に琉生の熱い体温を感じ、美涼は、とろけるような幸福と恍惚感に包まれたのだった。


以前の例もある。

あれで終わるはずなどない。……とも、心のどこかで思っていた。

それでも、ふたりでウトウトとまどろむ時間くらいは欲しかったなと、美涼は思った。

「ンッ……あっ、やぁ……ダメぇ、も、ぅ……」

切ない声をあげ、美涼が両手で顔を覆う。その手を外させて自分の指とからめシーツに押しつけた琉生は、ゆっくりと深い律動を続ける。

「まだ駄ぁ目。イかせない」

「堂嶋くぅ……んっ、ンッ……あっ」

「もっと、美涼さんを感じたいんだ……」

奥まで達したところで腰を回す。彼の熱で蜜壺をかきまぜられ、内側から身体がとけてしまいそうだ。

「もうっ……」

キッと琉生を睨みつける。……つもりだったが、切なげな瞳が彼を見つめたにとどまってしまった。

「もっと……って、……何回したと思ってるの……」

「足りない」

「サルっ」

「なんだっていいですよーだ」

楽しそうな声を出し、琉生は美涼の目元にキスをする。彼女を見つめ、ふわりと微笑んだ。

「美涼さんが、好きになってもいいって言ってくれたこんないい日に、欲望を抑えられるわけがないでしょう」

こんなに嬉しそうにされてしまっては、美涼もなにも言えなくなる。「これだから年下は……」と呟き、からめた指で彼の手をキュッと握った。

「……琉生……、好き……」

琉生の抽送がスピードを増していく。彼という存在に幸せを感じながら、美涼は年下の恋人にすべてを委ねていった……。

エピローグ

正直なところ、あまり眠っていない。

夜通し劣情に溺れた自分にも驚くが、もっと驚いたのは琉生の体力だ。

少々けだるげな美涼に対して、彼はいつもどおりシャンッとしている。

朝食は二十四時間営業のファーストフードでとったのだが、美涼の倍は食べていた。

「タフだよね……。知ってたけど」

駐車場を出たふたりは、並んで本社ビルの正面入口へ向かう。美涼がハアッと息を吐くと、琉生は目をキョトンとさせて彼女を見た。

「なにがですか?」

「……腰とか、だるくないの……?」

「ないですっ」

きっぱりと言い切られ、今後この男の精力についていけるだろうかと、いきなり不安が湧き上がった。

それを悟ったのか、琉生は美涼の頭を抱き寄せ、チュッと髪にキスをする。

「美涼さんを抱いて疲れるわけがないじゃないですかー。よけいに元気になりますよぉー」

相変わらずの軽口が飛んできて、美涼は条件反射で琉生の手を叩き、振り払ってしまった。

やってしまってからハッとするが、琉生はくすくすと笑っている。美涼はプイッと横を向いた。

「も……もうっ、そのチャラ男スタイル、やめたら？」

「いきなりやめたら、周囲に不審がられるじゃないですかー」

「そうかもしれないけど……」

「あっ、でも、『美涼さんが彼女になってくれたから、真面目にならないと嫌われるし』とか言えば、みんな納得してくれるかな」

「ちょっ、どうしてみんなにそんなこと言わなくちゃならないのよっ」

驚いて琉生を見る。一緒にビル内へ入ると、ガランとしたエントランスに彼の声が響いた。

「だって、うちの会社、社内恋愛は自由だし、美涼さんは俺の大切な人だし」

美涼は慌てて口元に人差し指をあてて立ち止まる。きょろきょろと周囲を見回す彼女の横で、琉生も合わせて立ち止まった。

「心配しなくても、まだ出社してきている人なんてほとんどいませんよ」

琉生がクスリと笑う。彼の言葉どおり、エントランスに社員の姿はない。ぐるりと見渡せば、エレベーターホールなどにチラリと人影があるくらいだ。

多くの社員が出社してくる時間より二時間も早い。閑散《かんさん》としているのも当たり前だ。

こんな早くに出社したのは、理由があった。

琉生も美涼も、明け方に家へ帰るにはどうも気まずさを感じる実家暮らし。それならいっそ、このまま一緒に出社してしまおうということになった。

そうなると、どうしても気にしてしまうことが一点ある。

会社は制服ではないので、昨日と同じ洋服を着ているということで周囲の目を意識してしまうのは美涼のほう。

そこで、まだ誰も来ていないうちに出社して、ロッカーにスペアで置いてあるブラウスとカーディガンを使い、変化をつけることにした。

同じく琉生も、ワイシャツとネクタイを変えればなんとかなる。

最大の問題はぐちゃぐちゃになっていた美涼のショーツだったが、それはホテルの販売物リストからなんとかなった。

(ラブホに下着が売ってるとはね……)

美涼は琉生から顔をそらし、両手を腰にあてる。なんとなく下着の線が気になり、指先でなぞってしまった。

すると、その仕草を琉生がじっと眺めている。

「なっ……なによっ」

「いや……、ほどいてみたいなぁ……って」

「なにをっ」

「その、腰の紐《ひも》。片方ほどいたら脱げるし……っぐふっ」

言葉の途中で、美涼は叩くように琉生の口を手でふさぐ。いくら人通りがなくても、大きな声で言って欲しくはない話題だ。

「わ、わかってること、言わないでよ」

きょろきょろと周囲を見回し、手を離す。

「だって、美涼さんがそんなの穿いてるのかと思うと滾るじゃないですか〜」

おどけてはいるが、琉生はとても楽しそうだ。そんな顔を見ていると、もちろん美涼も楽しくなってくる。

なによりも、こうしていつもどおりに言い合いができることが嬉しい。

琉生と見つめ合い、クスリと笑う。すると、誰かに背中をポンッと叩かれた。

「おはよう、おふたりさん。なーに？　早すぎる出社ね」

心躍る朝にふさわしい、爽快な声。琉生が美涼の背後に向かって手を振るのと、彼女が振り返るのとが同時だった。

そこに立っていたのは朋美だ。美涼は「おはようございます」と急いで頭を下げる。

「おっはよーございますーっ。あれぇ？　朋美さんも早いじゃないですか」

「副社長につきあって早く出社したのよ。琉生君と倉田さんは？　溜まってる仕事でもあった……の……」

　朋美の声は徐々に小さくなる。言葉を止めてふたりを交互に見ると、琉生に視線を止めてにやりと笑った。

「あーっ、そういうことか」

「はいーっ。そういうことなんですーっ」

「気がつきそうな人が出社してくる前になんとかしたいもんね」

「俺は気づかれてもいいんですけどね～」

　なんとなく状況を悟った朋美に、琉生は頭を掻いて照れてみせる。

　自分たちが朝帰りであることをを完全に認めている彼をひと睨みすると、朋美に微笑ましげな顔をされた。

「どうしようもできなかったら、私の所へいらっしゃい。スペアのスーツ、貸してあげるわ」

「は、はい、すみません」

　美涼は再び慌てて頭を下げる。琉生の件があるからだろうが、今までまったく接点がなかった上役に親しげにされると戸惑いは大きくなるばかりだ。

　立ち去る朋美に、琉生がにこやかに手を振る。頭を上げた美涼は、そんな彼の頬をぎゅむっと引っ張った。

「な……なんですかぁ～？　痛いですよぉ～」

「なんで、は、こっちのセリフよぉ。素直に認めないでよ。恥ずかしいわねぇ」

「嘘ついたってしょうがないでしょー。ほんとのことだしー」

美涼は琉生の頬から手を離し、プイッと横を向く。

「紐、ほどかせてあげないから」

「えっ⁉」

琉生がなにかを言いかける前に、美涼はスタスタとエレベーターホールへ向かう。もちろん、慌てて琉生が追いかけてきた。

「ごっ、ごめん、美涼さんっ。あとでパンケーキ差し入れるからっ」

「永美ちゃんのぶんもよ？　あの子、ずいぶんと堂嶋君を気にかけてくれてたんだから」

「はいっ、なんだったら、松宮課長にも差し入れます」

「どういうセンス？　課長はパンケーキより、どら焼きのほうが似合いそう」

足を止め、エレベーターの呼び出しボタンを押す。美涼の指摘を聞いて、琉生が噴き出した。

「でも……」

ボタンから手を離し、美涼はゆっくりと振り返る。彼を見つめ、ちょっと恥ずかしそうに微笑んだ。

「……どうせなら、堂嶋君と一緒に食べたいな」

美涼の仕草になにかを感じたのだろう。琉生は一瞬驚き、嬉しそうにはにかんでから彼女の横に並んだ。

「じゃあ俺、今日、店を予約しておきます」

「ランチ?」

「まさか。美味しいパンケーキをデザートにしてくれるホテルのレストラン。ですよ」

「夜に?」

「もちろん」

エレベーターのドアが開く。琉生に背を促され、美涼は無人の基内へ足を踏み入れる。

「そのあと……、紐、ほどかせてくださいね」

「やっぱりそこなの?」

おどけて怒った声を出すが、優しく微笑む琉生と見つめ合い、ほわりと微笑み返した。

「……いいよ。琉生……」

琉生の腕が美涼を包む。

彼の腰に腕を回すと同時にエレベーターのドアが閉まり、ふたりの唇が重なった。

END

あとがき

完璧ヒーローまで、あと一歩。

琉生を一言で表すなら、これだと思います。

自信があってなんでもできて、ヒロインのピンチは必ず助けてくれる。そんなヒーローはかっこいいし、きっとこのジャンルには不可欠で理想的なんですよね。

私も、そんなヒーローを書くことが多いです。スパダリは書いていて楽しいですよ。ヒロインがどんなに危険な目に遭っても、絶対助けてもらえるって前提があるようなものですから。

でも、琉生は「完璧」ではなく、美涼のためにカッコよくなろうと現在進行形で頑張っているヒーローです。

大人でそつのないヒーローがお好きな方にはガッカリされてしまうかな……。

そんな不安もありますが、琉生はこれからなんだ、これから完璧なスパダリになれる子なんだ！　……たぶん。と、生温かく見守っていただけますと、私も嬉しいです。

誰かのために、一生懸命頑張れる。その人のために成長しようとする。

そんなヒーローを、今回書かせていただきました。

考えようによっては中途半端なヒーロー像ですから、よくＯＫが出たなとも思います。

……って、私が言っちゃ駄目ですけど……（笑）

最後に、謝辞にて締めさせていただきます。

担当様、今回もありがとうございました。先にも書きましたが、かっこいいヒーローではなかったと思います。意外にも「チャラいイケメン」を楽しんでいただけたようで嬉しかったです。また、よろしくお願いいたします。

イラストをご担当くださいました花恋先生。細かいお心遣い感謝いたします。琉生と美涼をとてもかわいいカップルに描いていただき、ありがとうございました！

本書に関わってくださいました関係者の皆様。いつも励ましてくれるお友だち。書く元気と幸せをくれる大好きな家族。そして、本書をお手に取ってくださいました皆様にも、心からの感謝とお礼の気持ちをこめて。

ありがとうございました。また、お目にかかれることを願って――。

二〇一九年十二月

玉紀　直

本書は、電子書籍レーベル「らぶドロップス」より発売された電子書籍『年下恋愛対象外！　チャラい後輩君は真面目一途な絶倫でした』を元に、加筆・修正したものです。

★著者・イラストレーターへのファンレターやプレゼントにつきまして★
著者・イラストレーターへのファンレターやプレゼントは、下記の住所にお送りください。いただいたお手紙やプレゼントは、できるだけ早く著作者にお送りしておりますが、状況によって時間が掛かる場合があります。生ものや賞味期限の短い食べ物をご送付いただきますと著者様にお届けできない場合がございますので、何卒ご理解ください。
送り先
〒 160-0004　東京都新宿区四谷 3-14-1　UUR 四谷三丁目ビル２階
(株) パブリッシングリンク
蜜夢文庫 編集部
○○（著者・イラストレーターのお名前）様

年下恋愛対象外！
チャラい後輩君は真面目一途な絶倫でした

２０２０年１月２９日　初版第一刷発行

著……玉紀直
画……花恋
編集……株式会社パブリッシングリンク
ブックデザイン……おおの蛍
（ムシカゴグラフィクス）
本文ＤＴＰ……ＩＤＲ

発行人……後藤明信
発行……株式会社竹書房
〒 102-0072　東京都千代田区飯田橋２－７－３
電話　03-3264-1576（代表）
03-3234-6208（編集）
http://www.takeshobo.co.jp
印刷・製本……中央精版印刷株式会社

ISBN978-4-8019-2156-6　C0193
Printed in JAPAN